참 좋은 당신을 만났습니다

다섯 번째

순간을 더 특별하게 만드는 공감 에세이

송정림 지음

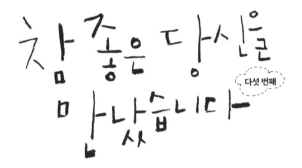

다섯 번째

🌱 나무생각

작가의 말 ·8

1장
여름의 이웃들

새들처럼 ·14

참 맛있었어요 ·16

나는 지금 행복한가 ·19

여름의 이웃들 ·21

팔씨름 ·23

십시일반 ·25

우린 땅 파서 장사해? ·27

세상은 그다지
아름답지 못하지만 ·29

기다려주는 부모 ·33

장미 한 송이씩 빼가세요 ·36

손자가 드린 첫 용돈 ·38

눈물의 생일 케이크 ·40

내가 잘 키울게 ·42

시간을 이기는 사랑 ·45

딸이 슬퍼할까 봐 ·48

철없던 시절 ·51

횡재한 날 ·54

예쁜 별 보고 가세요 ·56

안 다쳤으면 됐어요 ·60

최고의 치료약 ·63

존중의 조건 ·65

살아만 있어다오 ·67

그렇게 미안하면 ·70

얼마나 놀랐겠어요 ·72

그 사람은 나에게
바라는 것이 없습니다 ·74

열혈 팬클럽 ·78

네 엄마 만나면 ·81

그 사람의 역사 ·83

벽을 문으로 만드는 마스터키 ·85

또 다른 엄마 ·87

눈앞의 고개를 넘다 보면 ·90

외롭다는 느낌 ·92

2장
눈에 눈물이 없으면

세상에 대고 소리치는 것 ·96

잘츠부르크의 암염 ·98

모두가 나의 부모님 ·100

병원 구내식당에서 ·102

아들의 장미 한 송이 ·104

꽃순이 아가씨 ·108

사람의 온도 ·110

쉽지 않아서 쉬지 않았어 ·113

사랑받고 싶어서 ·115

왜 울어요? ·118

어머니 꽃 ·120

차마 보내지 못해서 ·122

딸 걱정 때문에 ·125

내 잘못이었네 ·127

석양이 내 손님 ·129

그 섬에 그가 있었네 ·131

어머니 병실에서 ·136

동생을 간호하는 오빠 ·137

바보라서 좋다 ·139

실패를 축하한다 ·141

대단히 특별하지 않아도 ·143

미소가 지닌 가치 ·145

눈에 눈물이 없으면 ·147

꼬깃꼬깃한 만 원짜리 한 장 ·150

친구의 양말이 예뻤어 ·151

처음 받은 상 ·155

어떤 증언 1 ·158

어떤 증언 2 ·160

안 좋은 경험이 나를 흔들지 않게 ·162

3장
타인의 어깨에 잠시 기대어

잘 들어줘라 ·166

제가 찍어드릴게요 ·168

세컨드 마더 ·170

동생아, 미안하다 ·172

하루살이의 생일 ·175

타인의 어깨에 잠시 기대어 ·177

엄마, 우리 힘들 때 시 읽어요 ·179

고단한 어느 날 ·182

훨훨 가벼운 차림으로 ·185

고생했다, 내 아들 ·187

아버지 같아서 ·189

딸의 도시락 ·191

꼭 만나고 싶은 사람 ·195

좋은 이웃 ·197

지금 이 순간을 나답게, 나로서 ·199

하루밖에 살 수 없다면 ·202

안 된 것이 아니라 되어가는 중 ·204

당신이 주인공입니다 ·206

주다가 주다가 지쳐서 ·209

따뜻한 이불 ·212

이력서에 적을 수 없는 것들 ·214

사랑받는 사람 ·216

하도 웃어서 그런 겨 ·218

밥 먹어라 ·220

네가 나보다 낫다 ·222

웃음소리 덕에 ·224

한 달에 한 번
어머니와 겸상해서 ·226

뛰지 말고 걸어 ·230

엄마 옷 사러 왔어요 ·232

나는 말은 잘 못하지만
거짓말은 안 합니다 ·234

4장

바람과 같은 마음으로

있어야 할 곳에 존재한다 ·238

그토록 사랑했으면서 ·240

그 사람을 위하여 ·242

잠시 고독할 틈을 준다면 ·244

어떤 주례사 ·245

아름다운 청첩장 ·248

사랑의 학교 ·250

죄인의 부모 ·252

바다가 공책이었어요 ·257

바람과 같은 마음으로 ·259

점심은 같이 먹자 ·261

다음에 꼭 이 버스 타세요 ·264

참 좋은 이곳 ·266

착한 순간 ·268

꿈에서도 착한 사람 ·270

그리운 사람 ·272

꿈의 원칙 ·274

뚜벅뚜벅 걸어가는 사람 ·275

어머니와의 데이트 ·277

코이노니아 ·279

명의의 조건 ·282

무지개가 떴어요 ·284

우리는 한 가족 ·285

행운의 발자국 소리 ·286

바람에 꽃향기가 실려오면 그리움이 고입니다. 꽃잎이 피어나면 가슴이 마구 뜁니다. 그러나 꽃은 바람을 타지 않으면 향기가 나지 않습니다. 꽃은 시간이 가면 스르르 지고 맙니다.

그런데 사람은 바람의 방향에 상관없이 그 향기가 타인의 마음에 전달됩니다. 착한 사람의 마음은 꽃처럼 지지 않아서 언제나 타인의 가슴에 오래오래 살아 있습니다. 사람이 꽃보다 아름다운 이유가 거기에 있습니다.

기력이 떨어진 늙은 아버지를 위해 일부러 팔씨름을 져주는 아들, 자동차 사고를 당했는데 졸음 운전하다 다친 상대편 사람을 더 걱정해주고 달려가주는 사람, 치매에 걸린 아내에게 아무 걱정 말라며, 내가 당신을 사랑했다는 사실만 기억하면 된다고

말해주는 남편, 3천 원 더 받았다고 숨이 차게 달려와 돈을 건네
주는 시골 식당의 주인, 집안 인테리어 공사를 하는 사람이 보
물 1호를 파손해 어쩔 줄 몰라 하자 마침 싫증 났었다고, 안 다
쳤으면 됐다고 말해주는 집주인, 아픈 아내의 휠체어를 끌고 매
일 같은 시간 공원을 산책하는 남편….

　《참 좋은 당신을 만났습니다》의 다섯 번째 책을 쓰는 동안 이
런 사람들을 발견할 수 있었습니다.

　세상에 이렇게 착한 사람도 있구나….

　세상에 이렇게 진실한 사람도 있구나….

　세상에 이렇게 맑은 사람도 있구나….

　이런 사람들을 발견했을 때가 있지요? 진심으로 나를 걱정해

주고, 나를 위해 애타게 응원해주는 누군가를 발견했을 때 얼마나 감사하고 행복했는지요.

발견 중에서도 가장 기쁜 발견은, 참 좋은 사람을 발견하는 것입니다. 신대륙 발견보다 더 위대한 발견을 한 것처럼 기쁩니다.

어린 시절 소풍을 가면 '보물찾기' 놀이를 했었지요. 보물 내용이 적힌 쪽지가 바위틈에도 숨겨져 있고 나무 뒤에도 숨겨져 있곤 했습니다.

인생이 소풍이라면 그 보물은 '사람'입니다.

나를 위해 응원해주는 사람, 내 곁에 오래 머물러줄 사람, 함께 일하는 진국인 사람, 따뜻한 인품과 감성으로 보살펴주고 배려해주고 감싸주는 사람, 모자란 나를 인정해주고 슬픈 나를 위로해주고 절망한 나를 일으켜주는 사람….

그런 사람을 발견하시기 바랍니다. 그리고 당신이 기꺼이 그런 사람이 되어주시기 바랍니다.

참 좋은 당신…

같은 시대, 같은 공간에 태어나 서로 만날 수 있었던 인연에 감사합니다.

고맙습니다. 고맙습니다.

송정림

1장

여 름 의 이 웃 들

새들처럼

새들은 그들이 앉은 나뭇가지가 바람에 흔들리면 가지의 흔들림에 맞춰서 머리를 아래위로 올렸다 내렸다 합니다. 그런 새들의 행동을 보다 보면 참 피곤하게도 산다 싶지만, 새들에게는 거의 무의식적인 행동이고 아주 자연스러운 일입니다.

세상의 모든 생물체는 저마다 다가오는 바람에 적응하면서 살아갑니다. 바람을 타고 날아가기도 하고, 한껏 움츠리기도 하고, 잠깐 휘청거렸다가 제자리에 다시 반듯하게 서기도 합니다.

우리가 사는 일 역시 마찬가지죠. 인생의 어느 고비에서 바람이 세게 불면 고개를 내리고 자세를 낮췄다가 다시 바람이 잔잔해지면 어깨를 펴고 걸어가고… 마치 새들처럼 삶의 바람에 반응하며 살아갑니다.

지금 어떤 바람 속에 계신가요?

바람은 한곳에 머무르지 않아요. 누구에게나, 어느 곳에서나 바람은 항상 스쳐 지나갑니다.

그러니 자세를 낮추고 계신다면 이제 곧 어깨를 펼 수 있는 날이 올 거라고 기대하셔도 좋습니다.

참
맛있었어요

작고 허름한 식당일수록 잘 먹었다는 인사를 꼭 하고 나오는 편입니다.

"잘 먹었습니다. 아주 맛있었습니다."

손님의 이 말 한마디가 식당 주인에게 얼마나 힘이 될지 짐작이 되기 때문입니다.

종업원이 친절하면 그 종업원이 아주 친절했다고 피드백을 주고, 밥이 맛있으면 아주 맛있었다고 표현해주는 것. 그리 어려운 일도 아닌데 잘 하지 않는 일이기도 합니다.

비록 내가 돈을 내고 먹는 것이긴 하지만 나에게 정성이 담긴 음식을 차려주는 분이니 얼마나 고마운가요. 비록 내가 돈을 지불하지만 나에게 친절하게 대해주니 얼마나 고마운가요.

한 끼 밥값으로 내는 몇 푼의 돈을 빼고 생각해보면 나한테는 건강과 행복을 선물하는 정말 고마운 분들입니다.

그러니 조금 오버액션으로 참 맛있었다고, 참 친절해서 고마웠다고, 다시 꼭 오고 싶다고 그렇게 인사하는 손님이고 싶습니다. 인색하지 않은 말 한마디에 하루의 피로가 물러가고 따뜻한 위로가 오가는 관계가 만들어진다면 절대 손해나지 않는 장사입니다.

나는 지금
행복한가

"당신은 지금 행복한가요?"

이 질문에 몇 분이나 행복하다고 대답할까요. 아마 불행하다고 생각하는 분들이 더 많지 않을까 싶습니다. 그런데 가만히 따져보면 그 불행이라는 것이 내가 가지지 못한 것에 대한 불만인 경우가 많지요.

뭔가를 소유한다는 것은 참 아이러니합니다. 가지면 가질수록 목이 마릅니다. 옷을 사면 모자도 사고 싶고, 집을 사면 더 큰 집을 사고 싶고, 회사에서의 승진도 남보다 빨리 하고 싶습니다. 채우면 채울수록 빈 공간이 더 늘어나고 어찌 된 일인지 행복과는 거리가 멀어지게 됩니다.

결국 행복은 얼마나 가지느냐가 아니라 얼마나 느끼느냐에 달려 있다는 것을 절감합니다. 지금 바로 이 순간 내게 오는 작은 기쁨을 놓치지 않고 느끼는 것, 그것이 행복입니다.

자, 다시 한 번 물어볼까요?

"당신은 지금 행복한가요?"

여름의
이웃들

한여름 뙤약볕이 지글지글 내리쬐던 어느 날, 아파트 경비실 앞에 커다란 아이스박스가 놓여 있었습니다. 경비실 창에는 조금은 투박해 보이지만 이런 따뜻한 글귀가 붙어 있었습니다.

"집배원님, 환경미화원님, 택배 기사님, 경비원님, 시원한 생수 꺼내 드시고 오늘도 힘내세요!"

그 글귀 아래쪽에 놓인 아이스박스에는 시원하게 얼린 생수 수십 병이 들어 있었습니다. 그 아파트에 오는 집배원이나 택배 기사들을 위해서, 그리고 주민들이 편안히 지낼 수 있도록 땀 흘리며 일하는 경비원을 위해서 한 이웃이 매일 그렇게 생수를 가져다 놓는 것입니다.

처음에는 한 명의 이웃이 그 일을 시작했는데, 나중에는 이웃들이 힘을 합했습니다.

신문 한쪽에 소개된 이 이야기를 보면서 입가에 저절로 미소가 그려졌습니다. 땀 흘려 일하는 누군가를 위해 시원한 생수를 제공하는 이웃, 그런 이웃을 도와서 아이스박스를 가져다 놓는 또 다른 이웃, 그들이 준비한 시원한 생수를 마시는 택배 기사나 집배원들… 그들의 선한 얼굴들을 떠올려보았습니다.

우리를 감동시키고 뭉클하게 하는 건 내 가족, 내 친구뿐만이 아니라는 생각을 했습니다. 같은 하늘 아래 살아가는 사람들, 모르는 누군가를 위해 내가 가진 것을 내미는 이들의 모습에 뭉클해집니다.

내어줌으로 충만하고, 기댐으로 편안한 그런 관계…
잘 맺어가고 계시겠지요?

팔씨름

쉰 살에 접어든 호식은 요즘 운동을 하면서 몸이 좀 좋아졌다고 생각하고 대학생 아들한테 팔씨름을 하자고 제안했습니다.

그런데 당황했습니다. 아들의 손을 잡고 보니 턱없이 힘이 달리는 것입니다.

팔목이 꺾이려고 하는 순간, 아들이 살짝 팔씨름을 져주는 것이 느껴졌습니다. 아들이 분명 이길 수 있었는데 말입니다. 자신을 생각하면 쓸쓸하고, 아들을 생각하면 기특한 마음이 들었습니다.

문득 아버지 생각이 났습니다. 예전에 아버지와 팔씨름을 할 때에는 자신이 아버지에게 팔씨름을 이겨 먹겠다고 덤볐습니다. 그런데 아무리 용을 써봐도 당시에는 아버지를 이길 수 없었습니다.

옛날 생각이 나서 오랜만에 아버지 집을 찾아갔습니다. 위풍당당하고 기골이 장대하던 아버지는 이제는 노인이 돼서 머리도 새하얗게 세고, 그 근육들이 다 어디로 갔는지 가랑잎처럼 말랐습니다.

"아버지! 저랑 팔씨름합시다!"

"그래! 좋다!"

아버지와 팔씨름을 시작했는데 눈물이 핑 돌았습니다. 어릴 때 팔씨름할 때는 아무리 해도 넘어가지 않고 두 손을 잡고 해도 이길 수 없었는데, 이제 아버지는 너무나 약해져 있었습니다.

그러나 호식도 아들이 자기한테 그랬던 것처럼 아버지한테 져드렸습니다.

"나 아직 안 죽었다!"

아버지가 이렇게 말하며 껄껄 웃으시는 것을 보고 호식은 속울음을 삼키며 효도라는 것을 처음 해본 사람처럼 아버지와 똑닮은 웃음을 지어 보였습니다.

십시일반

인숙이 가르치는 학생 중에 집안 형편이 어려운 아이가 있습니다. 장학금을 줘도 해결이 안 될 정도로 어려운 형편이었습니다. 혼자 도와주기는 부담이 되고, 다섯 명 정도가 매달 10만 원씩 내서 도와주면 큰 도움이 될 것 같았습니다. 인숙은 모교에서 교사 생활을 하기 때문에 그 학교를 졸업한 친구들 네 명에게 문자를 보냈습니다.

"우리 반에 굉장히 어려운 애가 있는데 우리가 10만 원씩 내서 50만 원을 모아 주자. 그러면 그 아이 용돈과 학비 정도는 해 줄 수 있어. 절대적 빈곤 속에 있는 아이야."

그렇게 문자를 보내자 친구들이 이것저것 따져 묻지 않고 바로 인숙의 통장으로 송금을 해왔습니다. 친구들 중 누구도 학생에게 그 돈이 전달이 됐는지 물어보지 않고 그 학생이 어떤 아이인지 따져보지도 않았습니다.

인숙이 고마운 마음을 친구들에게 표현하면 친구들이 오히려 이렇게 말합니다.

"네가 나를 떠올려줘서 고맙지."

친구들은 그 학생이 졸업하는 날까지 한 번도 빠짐없이 10만 원씩 보냈습니다. 그 덕에 그 학생은 무사히 학교를 졸업할 수 있었지요.

우린 땅 파서
장사해?

부부가 장사하는 허름한 식당이 있습니다. 그 집 된장찌개 맛이 좋고 주인 부부가 어찌나 선한지…. 헛헛한 날은 그 집에 가서 찌개 한 그릇 먹고 나면 기운이 납니다.

그날도 드라마를 쓰다가 힘이 들어서 밥 먹고 힘내자 싶어 그 식당에 갔습니다. 점심시간이 조금 지난 시간이었습니다. 주문을 하고 앉아 있자니, 초라한 행색의 노부부가 식당에 들어섰습니다. 천천히 오래오래 메뉴판을 보던 노부부는 된장찌개 하나에 공깃밥 하나를 시켰습니다. 노부부의 차림을 보니까 돈이 없는 게 분명했습니다.

주인 남자는 1인분 찌개를 2인분으로 넉넉히 끓이고 밥도 수북이 담아서 가져다주었습니다. 노부부는 그렇게 1인분 된장찌개 값으로 배불리 먹고 나가며 계산을 했습니다.

"얼마입니까?"

할아버지가 묻자 주인 남자가 "3천 원이에요."라고 대답했습니다.

"이 집은 밥값이 싸서 좋네요."

노부부가 기분 좋게 계산하고 나가자 주방에 있던 아내가 나와서 남편을 타박했습니다.

"아이구, 속 터져! 1인분에 5천 원이잖아! 만 원 받아도 모자란데 3천 원을 받아? 우린 뭐 땅 파서 장사해?"

아내는 나와 눈을 마주치자 나한테도 "내가 속 터져 못 살아요."라고 잇속 못 챙기는 남편을 일러바쳤지만, 그 얼굴에는 남편에 대한 흐뭇함도 스미어 있었습니다.

세상은 그다지
아름답지 못하지만

임신할 때는 자꾸 먹고 싶은 것이 생깁니다. 만삭의 몸으로 누워 있다가 갑자기 인절미가 먹고 싶어진 여자는 아파트 근처 떡집으로 갔습니다.

인절미 두 팩을 사들고 엘리베이터 앞에 다다랐을 때 '엘리베이터 수리 중'이라는 팻말이 붙어 있었습니다.

생각해보니 아까 낮잠을 잘 때 언뜻 잠결에 엘리베이터를 운행하지 않는다는 안내 방송을 들은 것도 같았습니다. 여자는 아차 싶었습니다.

엘리베이터 앞에서 오도 가도 못 하고 난감해하는데 초등학교 3,4학년쯤 되어 보이는 남자아이가 오더니 말을 걸었습니다.

"지금 엘리베이터 수리 중이래요. 걸어 올라가야 해요."

여자는 만삭의 몸으로 어떻게 9층까지 올라가야 할지 까마득

했습니다. 그때 그 아이가 또 말을 걸었습니다.

"같이 가요! 그 봉지 제가 들어드릴게요!"

"괜찮아. 무겁지 않아."

떡 봉지를 달라는 남자아이에게 괜찮다고 했지만 아이는 "배 속에 아기가 있잖아요!"라고 말하며 봉지를 빼앗아 들고는 여자보다 앞서서 계단을 성큼성큼 올라갔습니다.

아이는 계단을 올라가다가도 뒤를 돌아보며 조금 거리가 멀어진다 싶으면 기다려주었습니다. 아이가 먼저 올라가고 여자가 따라가니 훨씬 힘이 났습니다.

뒤늦게 숨을 헐떡이며 집 앞에 도착한 여자에게 아이는 다시 떡 봉지를 내밀고는 "안녕히 계세요." 하고 인사하더니 아래층으로 씩씩하게 뛰어 내려갔습니다. 아래층에 살면서도 여자를 위해 위층까지 힘들게 올라왔던 것입니다.

여자는 빠르게 내려가는 아이에게 "고마워!"라고 말했지만 계단을 오르느라 숨이 차서 더 이상은 얘기를 못 했습니다. 천사 같은 마음을 가진 씩씩한 그 아이를 다음에 만나면 머리라도 쓰다듬으며 칭찬해주어야겠다고 생각했습니다.

"그날 너무너무 고마웠어. 우리 아기도 너처럼 예쁜 마음을 가지면 얼마나 좋을까!"

운전하다가 라디오에서 이 사연이 흘러나오는 것을 듣고 나도 모르게 볼륨을 키웠습니다. 입가에 저절로 미소가 걸렸습니다. 어쩜 이렇게 멋지고 씩씩한 아이가 다 있을까….

어른들이 만드는 세상은 그다지 아름답지 못하지만 그에 굴하지 않고 이곳에서 자라나는 아이들은 이렇게 멋집니다. 어른들이 좀 더 멋진 세상을 물려줘야 할 텐데… 괜히 미안한 마음에 낮은 한숨이 흘러나옵니다.

기다려주는
부모

경숙의 아들이 엄청난 경쟁률을 뚫고 굴지의 대기업에 합격했습니다. 요즘 취업난이 심각한데 취직이 되었다고 주변에서 축하가 쏟아졌고 경숙은 즐겁게 지갑을 열어 친지들과 친구들에게 한턱을 냈습니다.

그런데 아들이 몇 개월 다니더니 그 회사를 그만두고 말았습니다. 상사에게서 인격적인 모독을 받았다는 것입니다. 어렵게 들어간 직장이니 참고 다니라고 아무리 설득해도 소용이 없었습니다.

그 후 아들은 다른 회사에 취직을 하지 못한 채로 3년을 흘려보냈습니다. 그런 아들을 보는 경숙의 마음이 썩어 문드러지는 듯했습니다. 다른 직장을 알아보기 위해 조금 더 분주하게 돌아다녀야 하는 것은 아닌지, 왜 저렇게 방에만 처박혀 있는지…
모든 것이 못마땅했습니다.

집안에 싸늘한 침묵이 흘렀습니다. 속이 터질 것 같아서 소리
없이 제 가슴만 탁탁 치는 세월이 흘러갔습니다. 주변 사람들이
아들 직장 잘 다니느냐고 물어볼 때마다 경숙은 미칠 것만 같았
습니다.

그렇게 긴 시간이 흘러간 어느 날, 견디고 기다린 보람이 찾
아왔습니다. 아들이 꿈에도 그리던 분야에 취업이 된 것입니다.
아들은 고마운 마음으로 행복하게 일했습니다.

너는 왜 취업이 안 되는 거냐, 너는 왜 좀 더 노력하지 않느
냐, 왜 좀 더 부지런히 뛰어다니지 않느냐… 닦달하기보다 따뜻
한 시선으로 지켜봐주고 믿어주는 것이 얼마나 어려운 일인지,
그러나 그것이 얼마나 중요한 일인지 다시 한 번 깨달았습니다.

생텍쥐페리는 《어린 왕자》에서 "신은 인간을 채찍으로 길들
이지 않고 시간으로 길들인다."고 했지요. 무슨 일이든, 누구에
게든 기다림이 필요한데, 기다리는 시간은 답답하고 초조하고
힘이 듭니다.

그러나 기다림은 자식한테 해줄 수 있는 최고의 부모 노릇입니다. 기다려준다는 것은 부모가 줄 수 있는 최고의 사랑입니다.

조금 늦게 출발하더라도 기다려주고, 조금 늦게 가더라도 기다려주고, 조금 늦게 이루더라도 기다려주고…. 기다림은 사랑입니다.

장미 한 송이씩
빼가세요

어느 날인가, 대학에 특강을 나가게 된 라끄르와 방인희 대표를 만났습니다. 그녀는 장미 한 바구니를 들고 있었습니다. 웬 꽃이냐고 물었더니 대답했습니다.

"강연이 끝나면 학생들에게 한 송이씩 빼가라고 할 거야."

강연자로서 꽃을 받을 생각을 하지 않고 오히려 수강생에게 꽃을 주려고 하는 그녀의 마음이 꽃처럼 화사했습니다.

어떤 교수는 강의에 들어갈 때마다 학생들을 위해 교탁에 수북이 동전을 쌓아놓습니다. 강의를 듣다가 피곤하면 자유롭게 동전을 들고 나가서 자판기 커피를 뽑아 먹으라는 배려입니다.

주는 입장과 받는 입장이 따로 있다고 생각해왔습니다. 이런 위치에 있으니 받는 게 마땅하다, 도와주었으니 받는 게 마땅하다… 그러나 관계는 언제나 일방통행이 아닌 쌍방 교류의 법칙을 지니고 있지요. 어떤 관계든 받기만 하는 관계는 없습니다. 내가 주면 또 그만큼 내가 받습니다.

나는 이 자리에 있으니 당연히 받아야 해, 나는 이 자리에 있으니 당연히 누려야 해… 이런 생각은 부질없습니다.

어느 곳에서든 틀에 박힌 고정관념을 깨고 내가 조금 더 수고하고, 내가 조금 더 내어주고, 내가 조금 더 쓰는 사람이 있습니다.

'내가 이만큼 해줬는데 이만큼 받아야지.' 하는 것 없이, '내가 이렇게 열심인데 너도 열심히 해.' 하는 것 없이 아무 조건 없이 그저 내가 좋아서 주는 사람, 그 사람은 이자율이 높은 행복 저축을 하는 사람입니다.

손자가 드린
첫 용돈

친구 소영의 시어머니가 갑자기 돌아가셨습니다. 시아버지가 돌아가신 후 홀로 지내시다가 아파트 단지에서 미끄러져 병원으로 이송되었고 그 후 얼마 넘기지 못하고 세상을 떠나고 말았습니다.

장례식을 치르고 난 후 시어머니의 유품을 정리하는데, 이불 사이에 하얀 봉투 하나가 있었습니다. 봉투 안에는 2년 전에 손자가 첫 봉급을 받아 처음으로 할머니에게 드린 용돈이 들어 있었고, 그 안에는 손자가 쓴 손 편지도 있었습니다.

"할머니, 제가 어느새 자라 첫 봉급을 받았습니다. 감사한 마음으로 할머니한테 용돈을 드립니다. 적지만 맛있는 거 사 드세요."

편지가 너덜너덜해진 것을 보니 몇 번이고 꺼내 손자의 편지를 읽은 듯했습니다. 그런데 돈은 한 푼도 쓰지 않았습니다. 금쪽같은 첫 손자가 안겨준 첫 용돈을 차마 쓰지 못하고 이불 안에 넣어두고서 틈날 때마다 꺼내서 보고 또 보았던 것입니다. 드러내놓고 다 표현하지는 못했어도 손자에 대한 시어머니의 기대와 애정이 느껴졌습니다.

　시어머니 유품을 정리하던 손길을 멈추고 소영은 애틋한 그 봉투를 쥐고 눈물지을 수밖에 없었습니다.

눈물의
생일 케이크

2남 4녀를 둔 나의 어머니는, 아들이든 딸이든 상관없이 생일이 되면 생일상을 화려하게 차려주었습니다. 자식들이 좋아하는 미역국도 다 달라서 조개 미역국을 끓일 때도 있고, 옥돔을 넣고 끓일 때도 있고, 쇠고기를 넣고 끓일 때도 있었습니다.

그리고 가능하면 온 가족이 생일상에 둘러앉아 케이크에 불을 붙이고 모두 같이 소원도 빌어주고 축하 노래도 불러주었습니다.

각자 결혼을 하고 새 가정을 꾸리고 나서도 우리 형제자매들은 생일이 되면 서로 축하 인사를 하고 애정을 표현하고 선물을 나눕니다. 특히 나의 소울메이트 언니 송정연 작가의 생일은 나에게는 내 생일마냥 자축하고 싶은 날이기도 합니다.

언니의 생일이 되면 나는 어머니한테 전화를 걸어 "언니를 나의 언니로 낳아주셔서 감사해요."라고 했고, 내 생일이 되면 언니가 어머니한테 전화를 걸어 똑같은 인사를 했습니다.

그런데 1년 전 언니의 생일에는… 어머니가 계시지 않았습니다. 생일 전날 밤에 돌아가셨기 때문입니다.

언니는 어머니가 돌아가신 다음 날 생일을 맞았습니다. 그런데 장례식장에서 준비한, 문상객들에게 드리는 국이 그날은 미역국이었습니다. 그 전날은 육개장이었는데 어떻게 그날은 미역국이었는지, 그것도 언니가 좋아하는 성게 미역국이었는지… 신기한 우연이었습니다.

나는 언니에게 미역국을 떠서 가져다주며 말했습니다.

"어머니가 언니 생일상 차려주셨나 봐."

언니의 눈물이 뚝뚝 떨어져 눈물 미역국이 되고 말았습니다.

그날 밤, 폭설과 강한 바람을 뚫고 언니의 절친 인희 씨가 먼 길을 달려 문상을 왔습니다. 그녀의 손에 생일 케이크 대신 가게에서 산 빵이 들려 있었습니다. 그 빵을 언니의 생일 케이크 삼았습니다. 상복을 입은 채 언니는 생일 케이크의 촛불을 껐습니다.

영정 사진 속 어머니가 미소 지으셨습니다.

"내 딸, 생일 축하한다…."

내가
잘 키울게

영주에게는 입양한 딸이 있습니다.

입양한 딸은 다름 아닌 남동생의 딸, 그러니까 조카입니다. 사연은 이렇습니다.

24년 전 영주의 남동생이 갑자기 사고로 세상을 떠났습니다. 아기가 태어난 지 얼마 안 돼서 일어난 일입니다. 올케는 갓난아이를 데리고 살다가 아이가 두 살 때 재혼을 했습니다.

"아이는 내가 키워줄게. 홀홀 털고 시집가서 잘 살아."

결혼하기 전날까지도 올케는 아이를 품고 슬피 울었고, 영주는 그 아이를 받아 안으며 올케에게 말했습니다.

"내가 잘 키울게. 걱정 마."

그렇게 올케는 재혼을 했고, 그 후 연락이 끊겼습니다. 다 사정이 있겠지 하면서 영주는 조카를 친딸로 입양하여 온 정성을 다해 키웠습니다.

아이가 크면 말해야지 하면서도 아이가 상처를 받을까 봐 말하지 못하고 그냥 이대로 내가 낳은 딸처럼 지내자 했습니다. 그렇게 24년이 흘렀고 딸은 눈부시게 성장해 아름다운 여성이 되었습니다.

그런데 딸이 그 사실을 알고 말았습니다. 명절 때 집에 찾아온 친척이 그만 말실수를 하고 말았고 이상한 낌새를 챈 딸이 모든 사실을 조사해보고는 물었습니다.

"저 엄마, 아빠 친딸 아니죠?"

이제 거짓말을 할 수 없는 시간이 왔다는 생각에 영주는 사실을 털어놓았습니다. 딸은 너무나 슬퍼했습니다. 미어지는 가슴으로 딸을 끌어안았지만 그동안 왜 속인 거냐며 딸은 엄마를 밀어냈습니다.

집을 나가 들어오지 않는 딸을 기다리며 영주는 가슴이 타서 녹아내리는 듯했습니다. 밤늦게 딸에게서 전화가 왔습니다. 딸이 울면서 말했습니다.

"엄마, 저 키워주셔서 감사합니다. 친딸도 아닌데…."

전화기를 사이에 두고 딸과 엄마는 그렇게 울었습니다. 그 후 딸이 방황을 마치고 돌아오자 엄마는 딸을 안고 말했습니다.

"네가 있어서 엄마는 기쁘고 행복해. 매일 자랑하고 싶고 그냥 생각만 해도 웃음이 나오는 내 딸… 사랑하고 또 사랑한다."

딸도 고백했습니다.

"엄마, 아빠 없이는 나도 없어요…. 사랑해요."

시간을
이기는 사랑

혜경 언니의 85세 시어머니가 병원에 입원했습니다. 그런데 열 살 차이 나는 95세 시아버지가 아내의 옆에서 병간호를 자처하며 병실을 떠나지 않습니다.

"아버님, 제가 어머님 곁에 있을게요. 아버님은 들어가 쉬시고 내일 다시 오세요."

자식들이 만류해도 시아버지는 "아니다. 이 사람 곁에는 내가 있어야 돼." 하시면서 아내 곁을 한시도 떠나려 하지 않았습니다. 그러다 아버지까지 병나면 어쩌려고 그러느냐고 아들이 역정을 내야만 겨우 집으로 걸음을 옮기곤 했습니다.

"내일 아침에 다시 올게."

하룻밤 헤어져 있을 건데 평생 헤어지는 연인들처럼 노부부는 두 손을 꼭 잡고 놓지 않습니다.

새벽에 와서는 또 아내 손을 잡고 말합니다.

"어젯밤에 잘 잤어? 나는 당신이 보고 싶어서 잠을 이루지 못했어."

동네에서도 평생 잉꼬부부로 소문이 나더니 병원에서도 이름난 잉꼬부부가 되었습니다. 두 분만 계실 시간을 드린다고 간호사들이 비켜줄 정도였습니다.

구순 남편이 팔순 아내의 목욕을 늘 직접 시켰습니다. 연세가 많은데 어디서 그런 괴력이 나오는지 아내의 몸을 들 때면 번쩍번쩍 들어 올리곤 했습니다.

그러다가 시어머니가 병환을 이겨내지 못하고 끝내 세상을 떠나고 말았습니다. 아내의 손을 잡은 시아버지의 눈에서 눈물이 멈추지 않았습니다.

"이 사람 목욕은 내가 늘 시켰어. 마지막 목욕도 내가 시켜주고 싶어."

마지막 목욕까지는 허락되지 않았지만 남편은 아내의 머리를 잘 빗겨주었습니다. 그리고 아내의 손을 잡고 놓을 줄 몰랐습니다.

영화 〈아이리스〉의 노부부가 떠오릅니다. 치매에 걸린 아내를 남편은 이렇게 애타게 부르며 찾아다닙니다.

"이쁜아… 우리 이쁜이… 어디 있니?"

'당신 없으면 못 살아.' 하다가 '당신 때문에 못 살아.' 하며 살아가는 게 결혼이라지만 세월이 지날수록 더 사랑하는 부부가 있습니다. 시간을 이기는 사랑이 있습니다.

그들은 사랑에 무슨 유효 기간이 있느냐고, 사랑은 변질이 아니라 성숙의 과정이 있을 뿐이라고 말해줍니다.

딸이
슬퍼할까 봐

딸이 결혼할 남자를 아버지한테 소개시켜 드렸습니다.

혼자 딸을 키워온 아버지는 마냥 꼬맹이 같던 딸이 다 자라서 결혼을 한다니 신기하기도 했고 행복하기도 했습니다. 셋이 즐겁게 저녁을 먹고 예매해둔 영화도 함께 봤습니다.

집에 와서 딸이 신이 나서 영화에 대한 얘기를 하는데, 아버지가 전혀 그 내용을 기억하지 못했습니다.

"아빠, 영화 보며 졸았어? 여자 주인공이 그런 말 했잖아."

아버지는 그냥 "어, 그랬지. 허허." 하며 웃어넘겼습니다.

그런데 다음 날 아버지가 화장실에서 크게 넘어져 다쳤습니다. 병원으로 실려갔고, 의사에게서 청천벽력 같은 말을 들었습니다.

"아버지께서는 얼마 전부터 시력을 잃어가고 계십니다. 지금은 흐릿한 형체만 볼 수 있으실 거예요."

의사는 가족에게 말하고 도움을 받으라고 했지만 아버지는 혼자 키운 딸이 결혼을 앞두고 있어서 차마 말하지 못하고 있었다고 합니다.

그것도 모르고 할리우드 영화를 같이 보다니… 아버지는 자막을 읽을 수 없는데도 딸을 생각해서 재밌다고, 감동적이었다고 말해준 것이었습니다.

"아빠는 영화를 못 본 거잖아. 그런데 왜 잘 봤다고 했어? 왜 거짓말을 해!"

속상한 마음에 괜히 영화 트집을 잡으며 딸이 신경질을 부리자 아버지가 말했습니다.

"난 진짜 영화를 봤어. 그리고 정말 감동적이었어. 아빠한테 영화를 보여준 내 딸… 그 마음이 감동적인 영화잖아."

그날 딸은 눈이 멀어가는 아버지를 안고 참 많이 울었습니다. 그리고 결혼식 날이 다가왔습니다. 아버지는 입장하다가 실수할까 봐 딸에게 혼자 입장하라고 했습니다.

그때 딸이 말했습니다.

"아빠… 난 아빠와 걸어가고 싶어. 그러니까 이제 아빠가 내 손 잡아. 그동안은 아빠가 내 손 잡고 이끌어줬지만 이제는 내가 아빠를 이끌어줄게. 그동안은 아빠가 나를 지켜줬지만 이제부터는 저 사람과 내가, 우리가 아빠 지켜줄게."

아버지의 눈을 고쳐드릴 수는 없지만 아버지의 눈이 되어드리겠다고 딸은 다짐했습니다.

우리는 서로가 무언의 약속을 나누곤 합니다. 한 사람이 몹시 지치거나 아프거나 다쳤을 때 다른 한 사람이 보살펴주어야 한다는 약속을….

그런데 아파도 아프다고 하지 못하고 슬퍼도 울 수 없고 포기하고 싶어도 포기하지 못할 때가 있습니다.

사랑하는 이에게 내 아픔과 내 슬픔을 전염시키고 싶어 하지 않는 마음… 그 마음 때문에 사람은 고독합니다. 그러나 그 마음 때문에 또한 강해지기도 합니다.

철없던
시절

민수는 군대 시절만 떠올리면 몸서리를 칩니다. 선임이 너무나 못살게 굴었기 때문입니다. 별거 아닌 일로도 허구한 날 욕설과 구타를 당했습니다.

그런데 얼마 전 거리에서 그 선임과 딱 마주쳤습니다. 제대하던 날 다시는 그 선임과 마주치지 않기를 바랐는데, 그 원수를 외나무다리가 아닌 거리에서 마주친 것입니다. 그 순간, 군대 시절이 파노라마처럼 민수의 머릿속을 스쳐갔습니다.

갑작스럽게 닥친 순간이라서 민수는 선임을 굳은 얼굴로 스쳐 지나갔습니다. 얼마나 걸어갔을까… 그 선임이 민수를 불렀습니다. 민수는 선임의 목소리가 끔찍하게 싫어서 못 들은 척 발걸음을 빨리 옮겼습니다. 그런데 그 선임이 쫓아와 악수를 청하는 것이 아니겠습니까. 그리고 이렇게 말했습니다.

"내가 너 많이 괴롭혔지? 철없는 시절이었다. 미안하다."

민수는 차마 손을 내밀지 못하고 멀거니 선임의 손을 보고만 있었습니다. 그러자 선임은 머쓱한 손을 접더니 잘 살라며 손을 흔들어주고 뒤돌아 걸음을 옮겼습니다.

민수도 몇 발짝 걸음을 옮겼지만, 곧 몸을 돌려서 멀어지는 선임을 향해 말했습니다.

"어디서든 건강히 잘 지내십시오!"

그 말에 선임이 걸음을 멈추더니 여러 가지 감정이 뒤섞인 얼굴로 민수를 돌아보았습니다.

철없는 시절이었다. 미안하다…

이 한마디 사과로 민수는 지난 아픔을 잊을 수 있었습니다. 오랫동안 증오하던 그 사람을 용서하고 축복을 빌어주는 넉넉한 마음도 생겼습니다.

세상에서 가장 하기 힘든 말은 '미안하다'는 말입니다. 고맙다는 표현보다, 사랑한다는 고백보다 미안하다는 사과는 입 밖으로 내기가 쉽지 않습니다.

그런데 힘든 만큼 '미안하다'는 그 말은 상황을 다 좋게 만들어줍니다. 그리고 사과를 한 내 마음을 편안하게 해줍니다. 한 사람이 용기를 내서 고백한 사과 한마디가 다른 한 사람의 용서를 가져왔습니다.

　증오하는 마음은 쉽게 접어지는 것이 아닙니다. 용서하는 것도 쉬운 일은 아닙니다. 그러니 증오하던 사람에게, 용서하지 못하던 사람에게 축복을 건네는 일은 얼마나 어렵겠습니까. 미워할 수밖에 없는 사람을 이해하고 축복하는 것이야말로 삶의 진정한 승리입니다. 사과와 용서는 서로를 더 성숙하게 하고 진정으로 승리하게 하는 참 멋진 일입니다.

횡재한 날

형부가 지방에 강의를 가는 길에 금산의 오리백숙 집에 들러 점심을 먹었습니다. 맛있게 먹고 나와 걸어가고 있는데 식당 할아버지가 식당에서 나오더니 한참을 따라오며 불렀습니다.

"이봐유! 이 돈 받아가유!"

무슨 일인가 싶어 멈춰 서서 돌아보니 할아버지가 달려와서는 숨을 헐떡이며 3천 원을 돌려주는 것이었습니다.

"막걸리 한 통 먹은 줄 알고 3천 원을 더 받아버렸구만유. 다른 테이블과 헷갈렸지 뭐유."

3천 원을 돌려주려고 거의 100미터를 달려오신 것입니다.

"고작 3천 원 돌려주려고 그렇게 뛰어오셨어요? 그냥 담뱃값이나 하지 그러셨어요."

그러자 할아버지가 정색을 하며 말했습니다.

"이승에서 남의 것을 탐하면 저승 가서 수만 배로 갚아야 한다네유. 아무리 푼돈이라도 돌려줘야쥬."

"그런가요, 어르신. 제가 그걸 몰랐습니다."

형부는 3천 원을 돌려주고 홀가분해서 휘적휘적 다시 돌아가는 할아버지의 뒷모습을 보며 고개를 끄덕일 수밖에 없었습니다. 그리고 푼돈이지만 3천 원 덕분에 수만 배의 깨달음을 얻은, 그야말로 '횡재'한 날이라고 생각했습니다.

예쁜 별
보고 가세요

제자 지수는 하루아침에 직장을 잃었습니다. 계약직이지만 열심히 일했는데, 언젠가 정규직이 될 거라는 희망이 있었는데, 이제 다 끝났다는 생각이 들었습니다.

누군가 기댈 언덕이라도 있으면 좋겠다는 생각이 머릿속을 스치고 지나갔습니다. 문득 시골에 계신 외할머니가 보고 싶었습니다. 어린 시절 외할머니 집에 가서 마당에 놓인 평상에 앉아 광활한 밤하늘을 올려다보던 기억도 났습니다. 그때처럼 쏟아지는 별들을 보고, 그때처럼 위로받고 싶었습니다.

짐을 챙겨 고속터미널에 도착했을 때는 이미 어둑해져 있었습니다. 늦은 시간이 걱정되었지만 무조건 가고 싶었습니다. 그래서 무작정 고속버스에 몸을 싣고 시골로 향했습니다.

　광주에 도착했을 때 밤 10시가 넘었고, 거기서 외갓집은 한 시간을 더 들어가야 해서 시외버스를 타야 했습니다. 그런데 늦은 시간이라 시외버스가 이미 다 끊겨서 지수는 낯선 터미널에서 우두커니 한참을 서 있어야만 했습니다.

　택시라도 타야 했는데, 문제는 차비였습니다. 수중에 많은 돈이 있지 않아서 엄두가 나지 않았습니다. 이러지도 못하고, 저러지도 못하고 도로 한쪽에 허수아비처럼 서 있던 지수에게 택시 한 대가 와서 멈춰 섰습니다.

　"어디 가세요?"

　"○○에 가는데요."

　"여기서 가려면 시간도 많이 걸리고 차비도 많이 나오니까 얼른 시외버스 타세요."

　"시외버스 막차 떠났어요."

　지수를 걱정해주던 택시 기사는 난감한 표정을 짓더니, "타요. 차비 안 받을 테니까." 하는 게 아니겠습니까. 미안했지만 어쩔 수 없이 지수는 택시에 올랐습니다.

"이 밤에 여긴 왜 온 거예요?"

택시를 출발시키면서 택시 기사가 물었습니다.

"예쁜 별들 보고 기운을 얻고 싶어서요. 외갓집이 거기에 있어요."

지수는 차창 밖으로 하늘을 올려다보며 말했습니다.

내릴 때가 되어 수중에 있는 돈을 모두 택시 기사에게 주었지만 그는 한사코 받지 않았습니다. 그리고 택시를 돌려 시내로 향하면서 이렇게 외쳤습니다.

"예쁜 별 많이 보고 가세요!"

그날 밤, 거짓말처럼 어릴 때 봤던 그 별들이 쏟아져 내렸고, 지수는 외할머니 품에서 큰 위로를 받았습니다. 그리고 힘들 때마다 시골 밤하늘에서 반짝이던 위로의 별들과 그곳까지 데려다준 택시 기사를 떠올리며 '괜찮다, 괜찮다' 주문을 걸고 용기를 내봅니다.

안 다쳤으면
됐어요

이웃인 재순 씨가 집 인테리어 공사를 했습니다. 그런데 공사를 하다가 인부 한 사람이 그만 장식대를 파손하고 말았습니다. 그 장식대는 재순 씨가 애지중지하며 늘 보물 1호라고 자랑하던 것입니다.

인부는 어떻게 배상해야 할지 고민하다가 재순 씨에게 말했습니다.

"제가 일을 하다가 부주의하여 그만 이 가구를 파손했습니다. 배상을 어떻게 해야 할지 모르겠습니다."

그런데 재순 씨가 제일 먼저 한 말은 "어디 안 다쳤어요?"였습니다.

"네. 다친 곳은 없습니다." 하고 인부가 대답했습니다.

"사람 안 다쳤으면 됐어요. 그렇지 않아도 그 가구에 싫증 나던 참이에요. 괜찮아요. 마음 쓰지 마세요.”

그 말에 인부는 고마워서 어쩔 줄 몰라 했습니다.

공사하는 일주일 내내 재순 씨는 인부들과 저녁을 같이 먹었습니다. 그리고 더운 여름에 고생 많다며 틈틈이 시원한 음료수를 건넸습니다.

집 공사가 끝나는 날, 재순 씨가 집에 들어서는데 현관문에 반짝이는 새 도어록이 달려 있었습니다.

‘이게 뭐지?’

재순 씨가 궁금해하는데, 장식대를 파손한 인부가 다가와 말했습니다.

“제 선물입니다. 번호키 사용하시면 편리할 거예요. 아끼던 장식대를 파손했는데, 괜찮다 하셔서 이렇게라도 빚을 갚고 싶었습니다.”

재순 씨가 도어록 값을 지불하려고 했지만 인부는 한사코 받지 않고 선물이라고 했습니다. 그렇게 해서 재순 씨네 집 대문에는 근사한 도어록이 달려 있게 됐습니다.

종종 인부한테서 이런 연락도 오게 됐습니다.

“댁에 뭐 고칠 거 없으세요? 있으면 말씀하세요. 즉각 달려가

공짜로 고쳐드리겠습니다.”

　서로 자기 입장만 내세우다 보면 잡음도 생기고, 서로 상처를 입히기도 합니다. 그러나 그 사람 입장에서 조금만 생각해주면 그 두 배로 보상이 돌아옵니다.

　타인의 입장에 서서 생각하기…
　가장 어렵지만 가장 가치 있는 고감도 감성입니다.

최고의
치료약

교사인 영선은 학교 수업을 끝내고 운동장을 걷다가 그만 미끄러져 넘어지면서 팔을 다친 적이 있습니다. 깁스를 한 채로 수업을 해야 했는데, 한 손에는 마이크가 든 가방을, 한 손에는 몇 권의 책을 끼고 일곱 개의 반을 돌아야 했습니다.

그런데 한 학생이 자기 반 수업 시간이 되기 전에 교무실에 와서 "선생님, 가요!" 하는 것입니다.

"괜찮아. 혼자 갈 수 있어."

영선이 말했습니다.

"선생님, 가방과 책 이리 주세요. 제가 들어드릴게요."

학생은 기어이 영선에게서 책과 가방을 빼앗아 한손에 들고 다른 한 손으로는 영선의 팔짱을 끼고 계단을 올라갔습니다.

계단을 올라가는 동안에도 걱정 가득한 얼굴로 묻곤 했습니다.

"선생님, 괜찮으세요? 언제까지 깁스해야 돼요?"

영선이 깁스를 다 풀고 팔이 나을 때까지 그 학생은 계속 영선의 가방을 들어주고 교실에서 교무실까지, 교무실에서 교실까지 오갔습니다. 깁스를 풀고 나서도 그 학생은 어김없이 찾아와서 말했습니다.

"선생님, 가셔야죠."

"이제 괜찮아. 깁스 풀었어."

"안 돼요, 선생님. 깁스를 풀고 나서도 한동안은 조심하셔야 돼요."

그렇게 그 학생은 방학하는 날까지 계속 영선의 책과 가방을 들고 계단을 오르내렸습니다.

영선은 생각했습니다. 그 아이의 손끝으로 전해져 오는 따뜻한 체온 덕분에 다친 팔이 더 빨리 나은 거라고… 이 세상 최고의 약은 그렇게 사람의 마음이고 온기라고….

존중의
조건

백화점에 남편의 와이셔츠를 사러 갔습니다. 특판 진열대에 와이셔츠들을 내놓고 반값 세일을 하고 있었습니다. 두 개를 골랐는데 맞는 사이즈가 없다고 했더니, 직원은 창고에 가서 가져와야 한다고 했습니다.

"5분 안에 올게요."

직원은 이렇게 말하고 뛰어갔는데, 10분을 기다려도 오지 않았습니다. 무슨 일일까, 창고에서 일이 생긴 건 아닐까 걱정이 됐습니다. 이런저런 생각을 하며 기다리고 있으니 멀리서 그 직원이 땀을 뻘뻘 흘리면서 뛰어왔습니다.

"사이즈 찾았어요."

직원은 옷이 다 젖을 정도로 땀을 흘리고 있었습니다. 그 사이즈를 찾으려고 얼마나 창고를 뒤졌을지 모습만 봐도 짐작이

갔습니다.

"괜찮으세요? 창고에서 물건 더미에 깔린 건 아닌가 걱정했어요."

그러자 직원은 "아, 저 늦었다고 야단맞을 줄 알았는데 그렇게 말씀해주셔서 정말 감사합니다." 하며 꾸벅 인사를 했습니다.

존중은 타인을 이해하는 마음입니다.

그 사람이 나와 다르다고 해서 이해하지 못하고 용납도 하지 못한다면 더 이상 어떤 관계로도 발전할 수 없습니다.

나와 다른 그의 직업을 이해하고, 나와 다른 그의 입장을 이해하고, 나와 다른 그의 개성을 이해하고, 나와 다른 그의 가치관을 용납하는 것, 그것이 존중의 조건입니다.

타인을 존중하는 마음은 또 다른 존중을 낳고 곧 나의 행복으로 돌아옵니다. 온몸을 땀으로 샤워하며 창고를 한바탕 뒤져 와이셔츠를 찾아다준 직원 덕분에, 그리고 참고 기다려준 나 자신 덕분에 기분 좋은 쇼핑을 하고 돌아오는 길, 산들바람이 산들산들 불어 뺨을 간질여주었습니다.

참 행복한 오후였습니다.

살아만
있어다오

이 세상에 마음대로 되지 않은 것이 세 가지 있다고 합니다. 재물과 건강, 그리고 자식입니다.

그중에서도 자식처럼 마음대로 안 되는 것이 또 있을까요. 자식 잘되기를 바라는 것은 동서고금을 막론하고 모든 부모들의 소망이겠지만, 많은 자식들이 부모 마음을 아프게 만듭니다.

세상에 마음대로 안 되는 그 세 가지 중에서, 재물이나 건강은 절망하기도 하고 포기도 하지만, 자식만큼은 절망도 포기도 하지 못합니다.

큰 언론사의 CEO인 지인이 있습니다. 지인에게는 아주 말썽꾸러기 아들이 있습니다. 그 아들은 사춘기 때 이유를 알 수 없는 반항을 하고 가출을 일삼았습니다.

아들이 중학교 2학년 때 일입니다. 그날도 아들은 집에 안 들어왔습니다. 어디서 또 무슨 일을 하고 다니는지 걱정이 됐지만 연락이 닿지 않으니 한숨만 나왔습니다.

새벽에 음식물 쓰레기를 버리러 가는데, 전화가 와서 받았습니다. 그런데 전화 너머에서 아들이 병원에 있다고, 위급하다고 했습니다. 쓰레기봉투를 멀리 던져버리고 트레이닝복 차림으로 뛰어가 무작정 택시를 집어탔습니다. 그런데 택시에서 내릴 때 보니까 지갑이 없었습니다.

"죄송합니다. 아들이 다쳤다는 소식에 너무 급해서 지갑을 안 들고 나왔습니다. 제 전화번호를 알려드리겠습니다. 택시비는 꼭 갚겠습니다."

택시 기사는 괜찮다고, 아들이 무사하기를 바란다고, 얼른 가 보라고 따뜻하게 말해주었습니다.

병원에 가서 보니 아들은 몸이 다 부서져서 누워 있었습니다. 팔다리, 목, 어깨… 어디 한 곳 무사한 곳이 없었습니다. 친구 형 오토바이를 타고 질주하다가 밤에 사고가 난 것입니다.

차가운 밤거리에 쓰러져 있었지만 다른 차들은 다들 쌩쌩 지나가버렸습니다. 그런데 이른 새벽 한 젊은이가 차를 세우고 거리에 쓰러진 아들을 구해주었다고 합니다. 만일 그 청년이 아니었다면 영영 아들을 볼 수가 없었을 것입니다.

의식 없는 상태로 며칠이 흘렀을까요… 아들에게 제발 살아만 달라고 애원했습니다. 그동안 공부해라, 얌전히 살아라, 부모로서 요구했던 모든 것들이 다 소용없어지고 아무것도 바라는 것이 없어졌습니다. 그저 살아만 달라고 호소했고, 오직 살아있게만 해달라고 기도했습니다.

그 기도가 통했던 걸까요…. 그날도 새우잠을 자며 아들을 간호하는데 "나 배고파…." 하는 아들의 소리가 들렸습니다.

나 배고파…

얼마나 눈물이 나던지 감사 기도를 올리며 펑펑 울었습니다.

"감사합니다. 감사합니다."

온몸이 다 부서졌지만 그래도 입은 성했나 봅니다. 입이 있으니 음식이 들어갈 수 있었습니다. 음식이 들어가니 회복이 빨랐습니다. 아들은 서서히 회복했고, 지금은 고등학교를 졸업하고 의류 매장에서 일을 합니다.

지인은 말합니다. 이제 그 아들에게 바라는 거 하나도 없다고, 그저 건강하기만 하면 좋겠다고….

생각해보면 부모가 자식에게 바라는 것은 오직 한 가지여야 합니다. 몸과 마음이 그저 건강한 것, 그 이상의 바람은 어쩌면 욕심인지도 모릅니다.

그렇게
미안하면

종이를 주워 생계를 이어가는 할머니가 리어카를 끌고 가다가 그만 고급차를 긁고 말았습니다.

"미안해요. 리어카를 끌고 가다가 귀한 차에 상처를 냈어요. 휴대전화가 없어서 그러는데, 매일 아침 이곳을 지나다니니 담벼락에 연락처 적어 붙여주세요."

비뚤비뚤한 글씨로 할머니는 차 위에 메모를 남겼습니다. 다음 날 담벼락에는 차 주인의 메모가 한 장 붙어 있었습니다.

"그렇게 미안하면 우리 가게 종이도 수거해 가주세요."

가진 것이 없지만 실수한 것에 대해 어떻게 해서라도 보상을 하려는 사람… 그 사람의 형편을 짐작하고 보상을 요구하는 것이 아니라 오히려 도움을 주려는 사람… 이들의 이야기를 SNS

에서 접하고 흐뭇한 미소를 지었습니다.

우주에서 지구를 보면 지구는 아주 평화로워 보인다고 하지요. 우주에서 본 지구는 따뜻함이 충만합니다. 전쟁의 기미도 느껴지지 않고, 국경도 찾아볼 수 없고, 그저 파랗고 평화로운 아름다운 별이라고 합니다.

이 아름다운 별에서도 가장 아름다운 푸른빛의 동쪽 나라, 아름다운 이 땅에 이처럼 아름다운 사람들이 살아가고 있습니다. 눈살 찌푸리는 뉴스만 있는 줄 알았는데 꼭 그렇지만도 않습니다.

얼마나
놀랐겠어요

후배 은진이 얼마 전 겪은 일입니다. 은진은 연이은 야근과 인간관계에서 오는 스트레스로 극도로 피곤한 몸을 이끌고 퇴근길에 나섰습니다. 차를 운전하여 집으로 돌아오는데, 졸음이 마구 쏟아졌습니다.

졸음을 이기려고 껌도 꺼내 씹어보고, 라디오 볼륨을 크게 틀어놓아도 졸음이 가시지 않았습니다. 급기야 몰려오는 졸음을 이기지 못하고 그만 앞차를 들이받고 말았습니다.

너무 놀라 한동안 차 밖으로 나갈 수조차 없었습니다. 은진이 들이받은 앞차에서 운전하던 아주머니가 내리더니 은진의 차로 가까이 다가왔습니다.

은진은 그 순간 사고 책임을 회피하고 싶은 생각이 들었습니다. 졸았다는 말을 하지 말자, 딱 잡아떼는 거야, 그렇게 단단히 마음먹으며 차에서 내렸습니다.

그런데 그 아주머니가 걱정스러운 얼굴로 물었습니다.

"아유, 놀랐겠어요. 어디 다친 데는 없으세요?"

아주머니의 뜻밖의 반응에 은진은 당황했습니다. 그리고 작정한 것과는 다르게 고개가 조아려지며 사과가 튀어나왔습니다.

"정말 죄송합니다. 제가 깜빡 졸아서 사고를 냈어요."

아주머니는 안쓰러운 표정으로 은진을 보며 걱정했습니다.

"저런! 얼마나 피곤했으면…. 많이 놀랐겠어요."

잘 운전하고 가다가 사고를 당한 것만도 화가 날 일인데 오히려 사고를 낸 사람을 걱정하며 위로하다니…. 은진은 자신의 잘못을 덮으려 했던 스스로가 부끄러워서, 잘못해놓고도 발뺌하고 오히려 상대에게 잘못을 떠넘기려 했던 스스로가 너무도 창피해서 고개를 들지 못했습니다.

그 사람은 나에게
바라는 것이 없습니다

그 사람은 나에게 바라는 게 없었습니다. 높아져라, 나아져라, 빨라져라… 원하지 않았습니다. 그러나 단 하나, 원하는 게 있었습니다. 식사 잘하고 건강할 것! 그러니 그 사람을 괴롭힐 방법은 밥을 먹지 않는 것밖에 없었습니다. 이유 없이 반항하고 싶어지던 날, 밥을 먹지 않고 학교에 갔는데 지각한 친구가 말했습니다. 그 사람이 교문에서 날 기다리고 있다고.

나가서 봤더니 안타까운 얼굴로 서성이던 그 사람이 도시락 두 개를 내밀더군요. "네가 식사를 안 하면 내가 어떻게 일을 하니." 하면서요.

그 사람은 법정 스님도 울고 갈 무소유의 달인입니다. 돈을 줘도, 선물을 줘도 그 손에 오래 머물지 못합니다. 앞에 있는 다른 이에게 줘버리기 때문입니다. 평생을 탐하지 않고 살아서인지 그 사람의 눈빛은 언제나 아이처럼 맑습니다.

그 사람은 비 오는 날을 참 좋아합니다. 비가 오면 사슴 같은 긴 목을 들어 멀리 창밖을 내다보며 나직이 한숨을 쉬곤 했습니다. 그러면 내 가슴이 철렁 내려앉곤 했습니다. 그 사람이 내 곁을 떠나버릴 것 같아 그 품속으로 파고들었습니다.

그 사람은 꽃이 지고 난 자리에 피어나는 연둣빛 잎사귀를 꽃보다 더 좋아했습니다. 연두 꽃이 피었다며 맑게 웃는 그 모습은 천사 같았습니다. 연두 꽃 피는 계절에 양산을 쓰고 햇살 속을 걸어갈 때면 그 사람을 누가 채가기라도 할까 봐 나는 괜히 겁을 내곤 했습니다.

그 사람은 내가 아플 때면 밤새 눈물로 기도하며 내 곁을 지켰습니다. 그 사람은 내 마음을 읽는 독심술사입니다. 아무리 내색하지 않아도 슬픔을 들키고 맙니다. 힘든 것도 금세 알아차려 끼고 있던 반지까지 빼어내 나를 도우려 합니다. 나를 위해서는 목숨도 아끼지 않을 게 분명합니다.

나는 그 사람에게 잘 보이고 싶습니다. 그 사람에게 점수 따고 싶습니다. 아니, 그저 그 사람 마음을 아프게 하는 사람은 되고 싶지 않습니다. 그 맑은 마음을 흐리게 하는 사람이고 싶지 않습니다. 그래서 안간힘으로 다시 일어서려 합니다. 내가 힘껏 살아가는 이유이자 근거는 바로 그 사람입니다.

그 사람은… 나의 어머니입니다. 젊고 아름답고 총명하던 나의 어머니는 구순을 지나며 기억을 잃어가고 체력을 잃어갑니다. 어머니를 모시던 오빠가 항암치료를 받게 되어 이제 요양원에 홀로 계시는 나의 어머니…. 어머니가 언젠가 말했지요.

"이 외로움을 네가 앞으로 겪을 생각을 하면 가슴이 아프다."

그만큼 고독합니다. 홀로 외로움과 싸웁니다.

어머니가 좋아하는 연두 꽃 피는 계절에 손 편지를 써서 찾아갔습니다. 휠체어에 앉은 어머니와 산책을 나갔는데, 바람이 불어 어머니 손에 든 편지를 흔들었습니다. 그래도 꽉 쥐고 놓치지 않았습니다. 그 어떤 물건도 탐하지 않지만 자식이 쓴 편지만큼은 욕심내고 손에서 절대 놓지 않았던 것입니다.

어머니는 이제 거의 식사를 하지 못합니다. 괜한 반항심에 밥을 안 먹는 것으로 속을 썩이던 그 벌을 이제 내가 받고 있습니다. 어머니한테 바라는 것이 아무것도 없습니다. 그저 식사를 잘하셨으면 좋겠습니다. 그저 안 아프셨으면 좋겠습니다. 그런데 식사를 잘 안 하시니 속이 까맣게 타들어갑니다. 교문 앞에서 도시락 들고 나를 기다리던 어머니의 표정이 되어 나는 어머니에게 안타깝게 사정합니다.

"제발 식사 좀 해주세요. 엄마가 식사를 안 하시면 제가 어떻게 일을 해요."

신이 나에게 한 가지 소원을 빌라고 하면, 일주일만이라도, 아니 삼 일, 아니 하루만이라도 어머니와 함께 노래 부르던 그 시간으로 데려다주라고 하겠습니다. 어머니와 '노들강변'도 부르고 '고향의 봄'도 부르던 그 시간이 그립습니다.

그게 터무니없는 욕심이라면… 지금처럼 달려가 볼을 비빌 수 있는 시간을 조금 더 허락해주십시오. 조금만 더 어머니 손을 잡을 수 있게 시간을 허락해주십시오.

나를 이 세상에 태어나게 해준 사람, 내가 슬플 때 품에 안아주고, 내가 훨훨 세상을 날 수 있게 내 날개 밑에서 바람이 되어 밀어 올려준 사람… 어머니, 당신이 없다면 나도 없습니다.

* * *

이 글을 쓸 때만 해도 어머니는 살아 계셨습니다. 그런데 얼마 지나지 않아 어머니는 그토록 그리워하던 아버지가 계신 하늘나라로 떠났습니다. 그날은 하얀 눈이 펑펑 내려 저승길을 밝혀주는 듯했습니다. 아버지를 만나 행복하실 텐데… 이곳에 남은 나는 당신이 그리워 매일 눈물짓습니다.

머무는 곳이 다르다고 그리움마저 다를까… 하늘을 향해 안부를 전하고 당신이 그립다고 전해봅니다.

열혈
팬클럽

우리 네 자매는 강지하 여사의 열혈 팬클럽입니다. 소녀 같은 순수함, 시인 같은 감수성, 천사 같은 영혼을 지닌 그녀를 위해서라면 불구덩이에라도 들어갈 게 틀림없었습니다.

어느 날 강지하 여사가 위독하다는 연락을 받았습니다. 고향 제주도에 있는 병원에 입원한 지 100일째 되는 날이었습니다. 나는 약속 장소로 가던 발길을 돌려 비행기 대기표를 끊었고, 언니는 방송국으로 가던 핸들을 돌려 공항으로 달려갔고, 동생은 강의하다 말고 강의실을 뛰쳐나왔습니다.

달려가면서 수없이 기도했습니다. 어머니와 눈빛을 나누던, 목소리를 나누던 그 순간을 단 한 번만이라도 허락해달라고.

그런데 거짓말처럼 강지하 여사는 우리에게 팬 서비스를 건 넸습니다. 어머니 곁에서 가장 수고한 큰언니의 이름을 불러주었고, "사랑합니다, 엄마." 하고 고백하는 정연 언니에게는 고개를 끄덕여 답장해 주었습니다. 언제나 걱정거리만 안겨주었던 나에게는 눈물을 보이셨습니다. 나는 어머니 손을 잡고 괜찮다고, 아주 잘살고 있다고 안심시켜 드렸습니다. 막내에게는 햇살처럼 환한 웃음을 보여주셨습니다. 3초에서 5초 사이의 반짝 서비스였지만 막내는 감동해서 어머니 볼에 얼굴을 마구 비볐습니다.

어머니가 평생 사랑한 아버지의 사진을 보여드렸습니다. 젊은 시절의 아버지 사진을 보여드리니 어머니의 눈이 반짝이며 그곳에서 시선을 떼지 못하셨습니다.

더 놀라운 일이 일어났습니다. 어머니가 나지막하니 노래를 불렀습니다. 아, 이렇게 황홀한 팬 서비스가 또 있을까요.

병원 생활 108일째 되는 날, 강지하 여사는 우리 곁을 떠나 아버지의 집으로 이사를 했습니다. 따뜻한 봄날 연두 꽃 필 때까지, 비록 휠체어 신세를 지더라도 어머니와 햇살 고운 길 산책할 때까지만 버텨주기를 간절히 원했지만, 어머니는 연두 꽃 대신 눈꽃의 배웅을 받으며 우리 네 자매를 떠나가셨습니다.

어머니가 돌아가시고 이틀 내내 눈보라가 쳐서 어머니 저승 가시는 길이 춥지나 않을까 마음 아팠습니다. 그런데 문상 오신 지인이 아주 좋은 눈이라고 말해주었습니다.

"어머니 돌아가실 때의 눈은 저승과 이승을 구분 짓고, 자식들 이승의 안 좋은 액을 다 가져가는 상서로운 눈입니다."

그 말에 얼마나 위안이 되던지….

그래서 세상의 어머니들이 돌아가시는 날에는 그토록 눈이 많이 내리는 것일까요.

문상객들에게는 힘든 눈보라였는데 떠나시는 어머니에게는 복된 눈이라고 여기며 마음 달랬습니다.

칼바람과 눈보라 속을 뚫고 먼 길 달려와준 사람들, 밤길을 달려 먼 길 찾아와 위로해준 사람들, 간절한 마음으로 명복을 빌어준 사람들, 사무치게 고마웠습니다.

어머니가 65년 함께 살고도 그토록 그리워하던 아버지 곁에 묻히는 날에는 시리도록 햇살이 투명했고, 산소 주변에서 새가 노래했습니다. 생사의 구분이 어디 있을까요. 어머니는 먼저 가서 아버지와 함께 또다시 자식들을 기다리겠지요.

네 엄마
만나면

　방송작가 선배님 중에 우리 자매를 유난히 예뻐해주는 선생님이 있습니다. 라디오 드라마 원로 작가인 박석준 선생님은 언니가 잡지사 기자로 활동할 때부터 알고 지낸 분입니다.

　박석준 선생님은 작가협회 모임에 나가면 "정연이, 정림이 왔어?" 하며 인자한 미소로 우리 자매를 반겨주곤 합니다. 우리 자매는 그 선생님을 뵙고 싶어서 모임에 더 나가곤 했습니다.

　그런데 얼마 전부터 모임에서 박석준 선생님이 보이지 않았습니다. 선생님과 가까이 지내는 선생님들에게 여쭤보니 최근 건강이 안 좋아졌다고 했습니다. 우리 자매는 걱정이 되어 조만간 선생님을 뵈러 가야겠다고 마음먹었습니다. 그러나 어머니가 병원에 입원하면서 경황이 없어서 선생님에게 연락도 제대로 드리지 못했습니다.

그 후, 어머니가 돌아가셨습니다. 부고를 작가협회에서 모든 작가들에게 문자로 알렸나 봅니다. 박석준 선생님이 언니에게 전화를 걸어 이렇게 말했습니다.

"정연아, 네 어머니 돌아가셨다는 소식 듣고 달려가려 했어. 그런데 나… 뇌출혈로 쓰러져서 지금 병원이야. 나도 곧 저세상으로 갈 거 같아. 가서 너희 엄마 만날게. 만나서 얘기해줄게. 어쩌면 그렇게 딸들을 예쁘게 잘 길렀냐고… 내가 아는 작가 중에 참 예쁜 작가가 둘 있는데 그게 송정연, 송정림 작가라고… 하나도 아니고 둘을 어쩜 그렇게 예쁘게 길렀냐고… 네 엄마한테 꼭 말해줄게."

그 사람의
역사

이문세 씨 콘서트에 매번 맨 앞좌석의 표를 사서 오는 사람이 있었다고 합니다. 이문세 씨는 노래하다 보면 그 사람이 그렇게 신경 쓰였다고 해요. 늘 찡그리고 보기 때문입니다. 찡그리고 볼 거면 굳이 왜 맨 앞좌석에 앉는지 속상했습니다.

그런데 나중에 알게 되었습니다. 그 사람은 청력을 잃어가는 사람이었습니다. 그래서 얼굴의 모든 근육을 다 모아서 최선을 다해 소리를 들어야 겨우 들렸던 것입니다.

김제동의 '톡투유'라는 프로그램에서 이 이야기를 접하면서 지인에게 들었던 말을 떠올렸습니다.

지인은 공부하는 남편을 따라 미국에 가서 2년 반 정도 살았습니다. 남편이 공부를 마치고 한국으로 돌아올 때였습니다. 사용하던 식기들이 낡아서 누군가에게 주고 오기에는 너무 초라했습니다. 주면 오히려 욕먹을 것 같아서 귀국할 때 다 들고 왔습니다.

그런데 몇 년 후 같이 공부했던 유학생을 만났는데 그가 재미있는 이야기를 들려주었습니다. 지인이 한국에 돌아가고 나서 누가 그랬다는 것입니다. 식기들을 다른 사람들 좀 주고 가지 다 싸갔다고…. 그 이야기를 전해 들은 지인은 그때 식기들을 주고 오지 못한 사정을 뒤늦게 설명할 수도 없고 해서 많이 속상해했습니다.

나의 입장에서 나의 시선으로 나의 잣대로 남을 판단하기는 쉽습니다. 그런데 그것은 엄청난 오류일 수 있습니다.

한 나라에만 역사가 있는 것이 아닙니다. 각각의 사람들도 그만의 역사를 지니고 있습니다. 프랑스의 역사를 모르고 프랑스를 판단할 수 없는 것처럼 그 사람의 인생사를 모르면서 그를 함부로 판단할 수는 없습니다. 보이는 것이 다가 아니고 보이지 않는 것이 진실일 수 있습니다.

벽을 문으로 만드는
마스터키

거리에 사람들을 모아놓고 이야기를 나누는 프로그램에서 배우 허성태 씨는 '꿈'에 대해 말했습니다.

대기업에 다니면서도 배우가 되고 싶다는 꿈을 지니고 있던 그는 차마 그 꿈을 입 밖에 내지 못했습니다. 그에게 꿈은 개봉되지 않는 편지 같은 것이었습니다. 어쩌다 꿈을 말하면 하나같이 비웃거나 뜯어말렸습니다.

그러던 어느 날, 그의 아내에게 꿈을 개봉했습니다. 누구에게도 쉽게 드러내지 못하던 꿈을 어렵게 열어 보이다가 눈물이 흘렀습니다. '당신 미쳤어.' 소리가 나오겠지 했는데, 아내는 그와 함께 눈물을 흘려줬습니다.

아내의 눈물은 그에게 용기를 주었고 도전하게 했습니다. 그리고 이제 그는 배우가 됐습니다. 영화 〈밀정〉에 출연한 뒤에도 한동안은 야간 경비원 등 온갖 아르바이트를 병행했는데, 이후 점차 좋은 배역들이 주어졌습니다.

그가 말했습니다. 아무리 문이 많아도 열리지 않으면 벽이라고… 그러나 두드리면 열린다고…. 그는 청중에게 자신을 이렇게 소개했습니다.

"나는 이기적인 남자입니다."

그러자 그의 말을 듣던 사람이 이렇게 말했습니다.

당신은 이 '기적'인 남자라고.

모두가 안 될 거라며 비웃었던 꿈, 높은 벽으로 가로막힌 것 같았던 그 꿈으로 향한 문을 연 마스터키는 바로 그를 믿어준 단 한 사람이었습니다.

사랑하는 사람이 어떤 꿈을 품고 있다면, 가능성이 없다고 단정 짓지 말고 그의 손을 잡아주세요. 그를 향한 믿음이 그에게는 꿈으로 가는 든든한 동아줄이고 벽을 문으로 바꾸는 마스터키가 되어줄 테니까요.

또 다른
엄마

은주는 미혼모입니다. 아이가 생겼다는 것을 알고 난 후, 아이의 아빠 되는 남자 친구는 연락을 끊어버렸습니다. 사랑했다고 믿었는데… 아이의 존재를 부정하고 달아나버린 아빠는 더이상 필요하지 않았습니다.

은주는 어머니에게 그 사실을 알리려고 했지만 용기가 나지않았습니다. 아버지가 돌아가신 뒤 힘겹게 생계를 이어가는 어머니가 그 소식을 들으면 쓰러지실 게 분명했기 때문입니다.

어머니한테는 직장을 먼 곳에 구해서 자취를 한다고 말해놓고 지하 단칸방을 얻어 집에서 나와 지냈습니다.

배 속의 아이는 점점 커갔고, 은주는 그 아이를 배에 품고 새벽부터 밤까지 일했습니다. 죽고 싶은 생각도 들었지만 배 속의 아이의 태동을 느끼면 그럴 수가 없었습니다. 아니, 더 힘을 내서 살아야겠다고 생각했습니다.

병원에서 아이를 낳은 날, 옆의 산모는 가족들에게 둘러싸여 자랑스럽게 미역국을 먹는데, 은주는 죄인처럼 미역국을 먹었습니다. 미역국에 눈물이 뚝뚝 떨어졌습니다.

눈물 미역국을 먹으면서도 은주는 오로지 아이 생각으로 버텼습니다. 아빠 없는 아이로 키워내려면 엄마가 강해져야 하기 때문입니다.

산후 조리도 못한 채 집으로 돌아와 아이 기저귀를 채우는데, 집주인 아주머니가 보더니 혀를 끌끌 찼습니다.

"지금이라도 가족에게 연락해서 도움을 받지 그래."

하지만 전후 사정을 다 듣고 난 아주머니는 은주를 안고 같이 울어주었습니다. 은주는 억눌렀던 슬픔의 둑이 무너지기라도 한 듯이 옷섶이 다 젖도록 울었습니다.

산후 조리를 하는 둥 마는 둥 하고 은주는 아이를 키우며 일을 다시 시작했습니다. 한 달을 열심히 일해서 방세를 모아 집주인 아주머니에게 건넸습니다. 그런데 아주머니가 그 방세를 받지 않았습니다.

"왜 방세를 받지 않으세요?"

놀라서 묻는 은주에게 아주머니가 대답했습니다.

"딸한테 방세 받는 엄마가 어디 있어? 은주 네가 엄마한테 알릴 때까지는 내가 엄마 해줄게."

너무 고마워서… 차마 고맙다는 말도 안 나오는데, 아주머니
는 아기 우유며 기저귀며 시장에서 한보따리를 사와 건네면서
말했습니다.

"밥 같이 먹자. 밥 먹어야 힘도 나는 거야."

그날 이후로 은주는 울지 않았습니다. 누군가 자신의 사정을
알아채기만 해도 눈물샘이 터질 것 같았는데, 엄마를 해준다는
집주인 아주머니의 말에 겁도 사라지고 다시 웃을 수도 있게 되
었습니다. 은주는 아주머니에게 아이를 잘 키우고 잘 사는 모습
을 보여주겠다고 약속했습니다.

눈앞의 고개를
넘다 보면

일일드라마 100회 편성을 받고 나니 두려움이 몰려왔습니다. 일일드라마를 그동안 네 번이나 썼지만 다섯 번째 써도 두려운 건 마찬가지였습니다.

앞으로 몇 달 동안을 일주일에 5회, 하루 40분 분량을 집필해야 하는데… 다 써낼 수 있을까… 쓰다가 아프지는 않을까… 무사히 완주할 수 있을까… 거대한 산을 앞에 두고 이제 막 등산을 시작하는 사람처럼 막막해집니다.

등산 베테랑인 선배 작가 김운경 선생님은 연속극을 쓸 때면 산을 오를 때 생각을 한다고 합니다. 저 먼 산을 어떻게 다 오르나 막막하지만 한 걸음 한 걸음 떼어 오르다 보면 어느덧 정상이 보인다는 것입니다.

바다를 헤엄칠 때도 마찬가지입니다. 먼 수평선까지 헤엄쳐 가려면 힘듭니다. 그러나 눈앞의 파도를 하나하나 넘다 보면 목적지가 다가옵니다.

눈앞의 능선을 넘다 보면 정상에 다다르게 되는 것, 눈앞의 파도를 넘다 보면 수평선에 다다르게 되는 것… 그것이 바로 인생입니다.

지금 거대한 산 앞에 서 있는 심정이라면 멀리 보지 말고 눈앞의 것만 봐도 좋습니다. 바로 앞의 그 작은 능선을 넘다 보면 어느새 정상에 오르게 될 테니까요. 그러니 이제 용기를 내서 걸음을 떼어보세요.

외롭다는
느낌

　나에게는 지금도 선명하게 생각나는 일이 있습니다. 세상에 태어나서 처음으로 외롭다는 느낌이 들 때였습니다. 어린 시절 낮잠이 들었다가 깨어보니까 집에 아무도 없고 나 혼자만 덩그러니 남아 있었습니다. 항상 부모님과 언니, 오빠들로 북적북적하던 집인데, 그날따라 모두 어디로 갔는지 혼자 잠을 자다가 깬 것입니다. 어린 나이였기 때문에 사실은 두려움에 가까운 외로움이었을 것입니다.

　울지도 못하고 눈물이 그렁그렁 맺혀 있는데, 그 순간 어머니가 집으로 들어왔습니다. 나는 그만 어머니를 안고 펑펑 울어버렸습니다.

　"왜 그래… 무서웠니?"

　나를 꼬옥 안고 등을 두드려주던 어머니가 생각납니다.

어머니는 돌아가시기 전에 대부분의 시간을 주무셨습니다. 까무룩까무룩 정신을 잃듯이 주무셨는데 우리가 찾아가면 눈을 뜨고 텅 빈 시선으로 자식들을 돌아보곤 했습니다.

그때 어머니는 어린 날의 그날의 나처럼 두렵거나 외롭지는 않았을까… 지금에 와서 그 생각을 하면 가슴이 미어집니다. 나도 어머니에게 외로워하지 말라고, 두려워하지 말라고 꼬옥 안고 등을 두드려주었으면 좋았을 텐데….

2장

눈에 눈물이 없으면

세상에 대고
소리치는 것

편의점에서 다짜고짜 화를 내는 노인을 봤습니다. 노인이 계산을 하려는데, 종업원이 다른 손님에게 물건을 찾아주느라 정신이 없어 보였습니다.

"할아버지, 조금만 기다리세요."

종업원이 이렇게 말했지만, 노인은 화를 벌컥 내더니 급기야는 물건을 던지듯 내려놓고 그냥 가버렸습니다.

화를 내는 노인을 보고 있자니, 캐서린 헵번과 헨리 폰다가 주연으로 나온 영화 〈황금 연못〉에서의 노인이 생각났습니다. 할아버지가 어린 손자 빌리에게 화를 내자, 빌리가 할머니에게 "할아버지는 왜 나한테 소리를 질러요?"라고 물었습니다. 그러자 할머니가 손자에게 이렇게 말합니다.

"빌리, 할아버지는 너한테 소리 지르는 게 아니란다. 할아버지는 인생에게 소리를 지르고 있는 거야. 할아버지는 늙은 사자야. 늙은 사자는 아직도 으르렁거릴 수 있다는 걸 기억해야만 하거든. 빌리, 언젠가는 사람을 잘 보아야 할 거야. 그리고 기억하렴. 그 사람은 그가 할 수 있는 최선을 다하고 있다는 것을 말이야. 그는 단지 그의 길을 찾고 있는 거야."

아직 노인이 안 되어본 우리는 인생의 끄트머리에 서 있는 그 느낌을 잘 알지 못합니다. 화를 낼 일도 아닌데, 벌컥 소리 지르고 물건을 던져버리고는 휘적휘적 걸어가는 노인의 뒷모습을 보았습니다. 그의 등에는 분노보다 허탈감과 슬픔이 어려 있었습니다.

잘츠부르크의
암염

이사하고 나서 위층에 떡을 드리러 올라갔습니다. 윗집에는 90대 노부부가 살고 있다고 들었습니다. 초인종을 누르자 백발이 성성한 90대 할아버지가 나왔습니다.

"할머니 계세요?"라고 묻자 할아버지는 안쪽을 향해 다정하게 불렀습니다.

"마리아, 누가 찾아왔어요."

할아버지가 아내를 부르는 그 소리가 오페라 속 아름다운 아리아처럼 다정하고 로맨틱하게 들렸습니다. 남편으로부터 로맨틱하게 이름을 불리는 아내는 어떤 사람일까 궁금해졌습니다.

그때 안에서 할머니가 "네, 나갑니다." 대답하며 현관 쪽으로 나왔습니다. 머리에 하얗게 서리가 내린 할머니였습니다. 그런데 평생 사랑을 받고 산 느낌이 가득 풍겼습니다.

90의 나이가 넘도록 다정하게 아내의 이름을 부르고 존댓말을 쓰는 남편, 그리고 90의 나이가 넘도록 사랑을 듬뿍 받는 느낌이 분홍빛 뺨에 어려 있는 아내…. 부부라고 해서 서로 함부로 부르거나 대하지 않고, 서로 존중하고 사랑하는 노부부를 보노라니 어느 노부부의 사진 한 장이 떠올랐습니다.

결혼 75주년을 맞은 90대 노부부의 사진이 SNS에 소개된 적이 있습니다. 치매에 걸린 부인에게 음식을 떠먹여주고 그녀가 음식을 흘리면 다정하게 입가를 닦아주는 남편…. 이 노부부에게는 시간이 가져가는 사랑 따위는 없습니다. 시간이 흐를수록 더 깊어가는 사랑만 있습니다.

땅속에 묻힌 상태로 완전히 썩고 나서야 아름답게 승화되는 잘츠부르크의 암염…. 소금이 되려면 천둥과 번개, 거친 폭풍우를 견뎌야 한다는데, 우리는 아주 작은 충격에도 너무 쉽게 포기해버리는 것은 아닐까 생각해봅니다. 오랜 인내를 거쳐 아름다운 결정체로 태어나는 잘츠부르크의 암염은 사랑의 과외 선생입니다.

모두가
나의 부모님

늦은 나이에 미용 기술을 배운 지인이 있습니다. 그가 늦은 나이에 미용 기술을 배운 이유는 단 한 가지, 병든 어머니와 아버지의 이발을 직접 해드리기 위해서였습니다.

사고를 당해 병원 신세를 지기 시작한 부모님… 아버지의 이발은 어떻게 해본다고 하지만 어머니의 머리 손질은 여간 어려운 게 아니었습니다. 그래서 미용 기술을 배워 어머니의 머리를 깔끔하게 손질해드리고 싶었지요. 그런데 부모님은 아들이 해드리는 이발 서비스를 받아보기도 전에 거짓말처럼 사흘 사이로 앞서거니 뒤서거니 저세상으로 떠나고 말았습니다.

부모님이 그렇게 부지불식간에 세상을 떠난 후 지인은 양로원을 찾아다녔습니다. 그리고 부모님 연세의 노인들의 머리 손질을 해드리고 정성껏 샴푸를 해드렸습니다.

한 달에 한 번 찾아가는 양로원에서는 지인을 기다리는 노인들이 늘어갔습니다. 지인을 기다리느라 양로원 문 앞을 지키고 있는 노인도 있었습니다.

머리를 손질해주면 거울을 보면서 "아, 예쁘다!"라고 말하며 기뻐하는 노인들… 허리가 뻐근하도록 머리 손질을 해드리고 나면 그렇게 행복할 수가 없었습니다.

정년퇴직을 앞두고 있는 지인에게는 일을 그만두고 나서의 두려움이 없습니다. 그에게는 꿈이 있기 때문입니다. 한 달에 한 번밖에 못 가던 양로원에 이제는 자주 찾아가볼 생각입니다. 그리고 좀 더 여러 곳에 가서 부모님한테 못 해드린 효도를 해드릴 생각입니다. 다른 어르신들도 다 '나의 부모님'이니까요.

병원
구내식당에서

점심시간에 병원 구내식당에서 식사를 하려면 식판을 들고 긴 줄을 서야 합니다. 차례차례 밥과 국과 반찬들을 떠서 식판에 담은 다음 자리를 찾아 앉아서 식사를 합니다.

식당 입구에 놓인 메뉴판에 '성게 미역국'이 적혀 있어서 밖으로 가서 식사하려던 언니와 나는 구내식당으로 들어섰습니다. 추운 날씨에 따뜻한 성게 미역국이 먹고 싶었기 때문입니다.

환자들을 보살피는 보호자들 대부분이 그런 마음으로 식당에 들어섰을 것입니다. 언니와 나는 식판을 들고 긴 줄을 섰습니다. 그런데 앞줄에서 할아버지가 먹다 남은 잔반을 잔반통에 붓는다는 것을 그만 실수로 국통에 쏟아버렸습니다. 그 뒤에 줄을 서서 국을 뜨려던 사람들은 당황했습니다.

"할아버지, 잔반을 거기에 쏟으면 어떡해요!"

할아버지는 당황해서 어쩔 줄 몰라 했습니다. 조리사들도 망연자실해 있는 그때, 뒤에서 한 아주머니가 쾌활한 목소리로 할아버지에게 말했습니다.

"괜찮아요, 할아버지. 국이 없어도 맛있는 반찬이 많네요."

아주머니의 그 한마디에 불쾌해하거나 난처해하던 사람들의 표정이 순식간에 누그러졌습니다. 할아버지의 실수 때문에 많은 사람들이 따뜻한 국을 먹지 못했지만 사람들은 괜찮다고 할아버지에게 말해줬습니다. 영양사는 얼른 뛰어나와 국을 못 먹게 된 사람들에게 대신 김을 나눠주었습니다.

"미안합니다. 정말 미안해요."

할아버지는 연신 사과를 했고, 사람들은 국이 없어도 괜찮다며 맛있게 식사를 했습니다. 성게 미역국은 못 먹었지만 배는 더 든든하고 마음은 더 따뜻해졌습니다. 병실로 돌아와 어머니를 꼭 안아주자 어머니가 눈빛으로 물었습니다.

'밥은 먹고 왔니?'

내가 대답했습니다.

"예, 세상에서 가장 따뜻한 밥을 먹고 왔어요."

아들의
장미 한 송이

　교사에서 방송작가로 직업을 전환하면서 부산에 살던 나는 서울로 옮겨와야 했습니다. 남편은 부산에서 하던 일을 해야 했고 나는 다섯 살짜리 아들을 데리고 서울로 혼자 오게 되면서 남편과는 주말부부로 지내야 했습니다.

　남편이 하던 일이 잘되지 않아 경제적으로도 힘들었고, 작가로서 자리 잡기도 쉽지 않을 때였습니다.

　아이의 유치원이 내려다보이는 아파트에 살면서 아이가 유치원 마당에서 노는 것을 보며 글을 썼는데, 가끔 슬프다는 감정보다 먼저 눈물부터 날 때가 있었습니다. 그런 걸 속절없이 눈물이 난다고 하는 걸까요.

　아들이 자라 고등학교에 들어갈 때까지 나의 고군분투는 계

속되었습니다. 일을 해도 해도 나아질 것 없는 경제 사정, 아무리 노력해도 나아질 것 없는 작가로서의 입지… 어느 날 문득 너무 지친 생각이 들어서 학교 가는 아들에게 못 보일 것을 보이고 말았습니다. 그날도 그냥 속절없이 눈물이 흘렀던 것입니다. 나의 눈물을 본 아들은 학교 가는 발걸음이 얼마나 무거웠을까요.

그 당시 우리가 살던 아파트는 복도형 아파트였는데, 나는 복도 쪽으로 창이 난 방에서 창가에 책상을 붙여 놓고 글을 썼습니다. 잠시 후, 글을 쓰려고 책상에 앉아 있는데 창문을 톡톡 노크하는 소리가 났습니다.

'누구지?'

의아한 마음으로 창문을 열자, 장미 한 송이가 책상에 툭 떨어졌습니다. 난데없이 뭔가 싶어 창문을 내다봤더니 아들이 씩 웃으며 말했습니다.

"송 작가님, 사랑합니다."

그러고는 손을 씩씩하게 흔들어주고 복도 끝으로 사라지는 아들…. 아들은 내 눈물을 보고 학교에 가다가 아무래도 발길이 떨어지지 않나 봅니다. 그래서 장미 한 송이를 사서 다시 집으로 돌아와 우울한 엄마에게 건네준 것입니다.

아들이 남기고 간 장미를 작은 화병에 꽂아놓고 보면서 생각했습니다.

'그래, 나한텐 아들이 있지. 그런데 뭐가 두렵겠어…'

사람마다 힘든 터널 같은 시기가 있겠지요. 나의 터널 역시 어둡고 길었습니다. 그러나 아들 덕에 그 시절을 버텼습니다. 아이에게 이유 없이 화를 낼 때도 있었지만 한 번도 반항하지 않고 오히려 옆 카페로 달려가 달콤하고 따뜻한 캐러멜 마키아토를 사와서 내 책상에 놓아주는 착한 아들….

아들은 그렇게 내가 넘어질 때 다시 일어서게 하는 힘이 되었고 내 삶의 이유이며 성능 좋은 파워 배터리였습니다.

아들은 "조금만 기다리세요. 제가 효도할게요."라고 하지만 효도는 이미 다 받아 더 이상 받을 것이 없습니다. 나는 그저 아들이 훨훨 자유롭게 뜻을 펼치고 날아올라갈 수 있도록 그 날개 아래서 부는 바람이 되어주고 싶습니다. 나의 부모님이 나한테 그랬듯이….

꽃순이
아가씨

어머니가 병원에 입원해 있을 때, 같은 병실 옆자리에 김꽃순 할머니가 입원해 있었습니다. 김꽃순 할머니는 70대로 보이는데, 환자 팻말에 적힌 연세를 보고 깜짝 놀랐습니다.

99세!

100세를 눈앞에 둔 연세였습니다. 다른 곳은 다 건강한데, 화장실 가다가 다리를 삐끗해서 입원했다고 했습니다. 자식들과 따로 살며 그날 아침 식사까지 혼자 지어 먹다가 병원에 오게 되었다고 했습니다.

김꽃순 할머니는 평상시에 식사로 항상 된장에 나물 삶은 것을 먹고 후식으로 삶은 계란을 먹었는데, 병원에 와서도 그 식단을 고집했습니다.

웃을 때 보조개가 참 예쁜 김꽃순 할머니는 우리 자매들이 요란스럽게 어머니 볼을 비비며 노래도 불러드리고 마사지도 해드리는 것을 보고 눈물을 훔치셨습니다. '아차' 싶었습니다. 혹시 당신 자식들과 비교하며 한탄하게 해드리지는 않았을지….

그런데 뜻밖이었습니다. 엄마 생각이 난다는 것입니다. 자식이 안 찾아줘서 슬픈 게 아니라 엄마에게 그렇게 못 해줬다며 엄마 생각하며 우는 것이었습니다.

100세를 눈앞에 둔 나이에도 어머니 입장이 아니라 딸의 입장으로 살아가는 김꽃순 할머니, 자식들이 병원에 안 찾아와도 섭섭해하지 않고 씩씩했지만 엄마 생각에 그만 눈물짓고 마는 김꽃순 할머니…. 그래서 우리 자매들은 할머니를 '꽃순이 아가씨'라고 불러드렸습니다.

어머니가 돌아가신 뒤, 빈 침대를 보며 눈물짓던 꽃순이 아가씨… 지금도 건강하게 된장에 삶은 나물을 먹으면서 계시리라 생각합니다.

사람의
온도

　친한 지인이자 라끄르와 대표인 방인희 씨가 지독한 감기에 걸려 며칠 누워 있을 때의 이야기입니다. 혼자 집안일을 해왔지만, 감기 때문에 집안이 엉망이 되자 하루 청소 도움을 받기 위해 도우미를 부르게 됐습니다.

　도우미 아주머니가 오자 문을 열어주고는 힘없이 말했습니다.
　"청소만 해주시면 돼요. 제가 아파서 집안이 엉망이에요. 잘 부탁합니다."
　그리고 안방에 와서 약을 먹고 누워 있었습니다. 아침부터 아무것도 먹지 않고 독한 약을 먹어서 그런지 몸이 축 처지고 열 때문에 끙끙 앓았습니다.

얼마 후 도우미 아주머니가 청소를 다 마쳤는지 안방 문을 노크했습니다. 기운이 없어서 얼른 일어나지 못하고 있는데 아주머니가 문을 열고 들어왔습니다. 아주머니의 손에는 죽 쟁반이 들려 있었습니다.

"입맛이 없어도 뭐라도 드셔야 나아요. 청소하면서 보니까 쌀이 보여서 흰죽 좀 쑤었어요."

그러고는 힘없는 인희 씨를 일으켜 등을 받쳐주더니, 손에 숟가락을 쥐여주는 것입니다. 그 마음이, 그 손길이 너무나도 따뜻하고 고와서 인희 씨는 눈물이 주르륵 흘렀습니다.

그 후 인희 씨는 그 도우미 아주머니를 집으로 계속 불렀습니다. 그리고 몇 해째 인연을 이어오고 있습니다.

그러던 어느 날, 도우미 아주머니가 집으로 들어서는데, 눈이 퉁퉁 부어 있더랍니다.

"아주머니, 왜 그러세요?"

놀라서 물었더니 아주머니는 아는 사람이 돌아가셨다고 했습니다. 가족 중에 누군가 돌아가신 것 같아 조의를 표하려고 누가 돌아가셨냐고 물었습니다.

그러자 아주머니가 대답했습니다.

"화요일에 일 나가는 집 할머니가 노환으로 돌아가셨어요."

일 나갈 때마다 뵈었던 분인데, 돌아가셨다는 이야기를 듣고 너무 슬퍼 눈이 퉁퉁 붓도록 울었다고 했습니다.

요즘 차가운 북풍을 마음에 담고 사는 사람들이 많은데, 이 아주머니의 마음에는 따뜻한 온기가 있구나… 인희 씨는 그 온기가 마음에 전해지는 듯해 아주머니의 손을 꼬옥 잡아주었습니다.

쉽지 않아서
쉬지 않았어

모든 것이 망가지는 순간이 있습니다. 모든 것을 다 잃었다고 생각하고 절망하는 순간이 있습니다. 그런 절망의 순간, 길에서 만난 한 사람으로 인해 인생을 바꾼 래퍼가 있습니다. 속사포 래퍼로 유명한 아웃사이더입니다.

그는 이른바 '잘 안 풀리는 인생'을 살아왔습니다. 대학 입시 좌절을 겪었고, 래퍼로 데뷔를 한 후에도 화려한 뮤지션의 길을 가기보다 생계를 잇기 위해 야간에 아르바이트를 해야 했습니다. 힘겨운 나날, 여자 친구에게서도 이별을 통보받고 그는 무작정 자전거 여행을 떠났습니다.

홀로 떠난 여행에서 밤중에 칠흑같이 어두운 국도를 마주하며 그는 또 한 번 좌절을 겪었습니다.

"나는 혼자구나. 도와주는 사람이 아무도 없구나."

그런데 국도 한가운데서 뜻밖에도 그는 지나가는 트럭 운전사를 만나게 되었습니다.

"아저씨, 저 좀 태워주세요. 살려주세요."

트럭 운전사는 그의 외침을 외면하지 않고 선뜻 차에 태워주었고, 삶은 달걀과 우유를 건네주었습니다. 그때 트럭 운전사가 건넨 삶은 달걀과 우유는 그의 삶을 바꿔놓았습니다.

"아무리 부족한 모습이라도 감추지 않고 솔직하게 드러냈을 때 다른 사람과도 어울릴 수 있구나. 이제 '척'하고 살지 않고 솔직하게 살자."

그는 다시 일어섰습니다. 그 후로도 쉽지 않았지만… 쉽지 않기 때문에 쉬지 않았습니다. 그래서 지금은 다시 좋아하는 일을 하고, 다시 사랑하는 사람을 만났습니다.

그때 만일 깜깜한 길에서 만난 트럭 운전사가 없었다면 그가 그 칠흑같은 국도를 헤치고 나올 수 있었을까요.

우리는 언제 어디서나 내 삶을 구원하는 천사를 만납니다. 그리고 우리는 언제 어디서든 다른 삶을 구원하는 천사가 될 수도 있습니다.

사랑받고
싶어서

르코르뷔지에Le Corbusier의 전시회에 갔습니다. 세계 최초로 아파트를 만든 그는 스위스에서 태어나 프랑스 국적으로 생을 마친 건축가입니다. 일본, 프랑스 등 7개국에 걸쳐 있는 그의 건축물 17개가 지난 2016년 7월 세계 문화유산에 등재되어 이슈가 되기도 했지요.

어릴 적부터 화가가 꿈이었다는 르코르뷔지에. 그는 오전에는 화가로, 오후에는 건축가로 살았습니다. 그림을 알기에 건축을 더 즐겁게 표현할 수 있었다고 했지요.

이 건축가는 한마디로 천재입니다. 멋진 건축물들을 참 많이 지었는데 나중에 정작 그는 바닷가 마을에서 네 평짜리 최소한의 공간에서 아내와 살다가 세상을 떠났습니다. 그는 네 평의 공간이면 충분하다고 했습니다.

르코르뷔지에는 평생 어머니의 사랑을 갈구했다고 합니다. 어머니는 피아니스트였고 형이 바이올리니스트였는데, 어머니가 형한테만 사랑을 쏟아부었다고 합니다. 어머니는 르코르뷔지에가 사랑하는 여자와 결혼하는 것도 반대했고 그가 건축을 하는 것도 늘 탐탁지 않아 했습니다. 그는 어머니의 사랑을 받고 싶어 했고 관심을 받고 싶어 했습니다.

그러던 어느 날, 르코르뷔지에는 늙으신 어머니의 기도를 우연히 듣게 되었습니다. 형을 위해서 기도하고 있구나 생각했는데, 뜻밖에도 어머니는 형이 아닌 르코르뷔지에를 위해서 기도하고 있었습니다. 그의 눈에서 뜨거운 눈물이 흘렀습니다. 자신을 위해 간절하게 기도하는 어머니, 그 깊은 사랑을 그제야 깨달은 것이었습니다.

가장 사랑하는 사람이 가장 나를 아프게 한다는 책 제목도 있듯이 가족이 나를 아프게 할 때가 있습니다. 사랑하기 때문에 사랑을 더 갈구하고, 사랑하기 때문에 더 안타깝습니다. 밝은 만큼 어두움도 존재하는 가족… 상처의 근원이면서 상처를 치료받을 수도 있는 가족….

이스라엘의 소설가 아모스 오즈는 말했습니다.

"가족이란 이 세상에서 가장 기묘한 제도이자, 인간의 발명품 가운데 가장 신비롭고, 가장 희극적이며, 가장 비극적인 동시에 가장 역설적이며, 가장 모순적이고, 가장 매혹적이고, 가장 의미심장한 제도이다."

아무리 사랑해도 그 마음을 품고만 있으면 그 사람이 모릅니다. 그래서 갈구하고 목말라합니다.

사랑한다면 표현하세요. 그리고 그 사랑이 시들지 않도록 물도 주고 햇살도 내려줘야 합니다.

왜 울어요?

어머니가 서귀포 병원에 입원해 있을 때 언니와 나는 격주 아니면 적어도 한 달에 한 번 어머니를 뵈러 제주도로 내려갔습니다. 그날은 제주공항에 내려서 둘이 의논했습니다. 어머니가 요즘 식사를 통 하지 않는다고 하니까 어머니가 좋아하는 몰망국을 사다 드리자고. 몰망국은 제주도의 토속적인 국인데, 해조류의 일종인 모자반을 넣고 끓인 국입니다.

몰망국을 잘 끓이는 식당에서 어머니에게 갖다 드릴 국을 주문하고 나서, 기다리는 동안 우리도 앉아서 식사를 했습니다. 그런데 몰망국을 먹다가 언니가 먼저 흐느끼기 시작했습니다. 이 식당을 유난히 좋아하던 아버지 생각이 나서입니다. 언니가 흐느끼자 나도 그 울음에 전염이 돼서 두 자매가 고개를 푹 숙이고 앉아 국에 눈물을 뚝뚝 떨어뜨리고 있었습니다.

식당 사장님이 우리를 이상하게 보고는 다가와 물었습니다.

"왜 울어요?"

돌아가신 아버지 생각이 나서 운다고 하자 식당 사장님도 눈물을 훔쳤습니다.

식사를 다 하고 어머니에게 드릴 국을 싸들고 식당을 나서는데, 사장님이 우리를 급히 부르더니 이것저것 음식들을 싼 보자기를 들고 나와 우리에게 건넸습니다.

"아버지가 좋아하시던 돔베고기랑 나물 좀 더 쌌어요. 어머니한테 갖다 드리세요."

너무 감사해서 값을 지불하려고 했지만 사장님은 한사코 돈을 받지 않았습니다.

"나도 돌아가신 우리 아버지 생각나서 그러니까 그냥 가요."

우리 자매와 사장님, 세 여자가 식당 입구에서 또 한 번 눈물 바람이 났습니다.

부모님이라는 존재는… 자식들에게 이제 눈물샘 스위치인가 봅니다.

어머니 꽃

어머니가 돌아가시고 친구들이 문상을 왔습니다. 친구들이 하나둘씩 우리 어머니에 대한 추억을 꺼냈습니다.

어떤 친구는 우리 집에 놀러 와서 그릇을 깼는데, 어머니가 "괜찮아, 괜찮아. 다친 데 없으면 됐어." 하며 안심을 시켜주었다고 했습니다.

어떤 친구는 "너 몰래 니네 어머니가 나한테 용돈을 주셨어." 했고, 어떤 친구는 "니네 엄마가 내 교복 사주신 거 넌 모르지?" 했습니다.

친구들이 오면 "아이고, 내 새끼들 왔어?" 하며 밥을 차려주던 어머니, "내 자식과 친구면 다 내 자식이다." 하던 어머니, 살아생전에 자식 친구들 마음에도 꽃을 피우신 우리 어머니….

내 친구들은 내 마음과 같이 어머니의 죽음을 슬퍼했고, 내 마음과 같이 어머니의 명복을 빌어주었습니다.

어머니를 아버지 곁에 묻는 날… 어느 시인의 표현에 따르자면 묻는 게 아니라 '심는' 날, 그 추위에 눈보라를 뚫고 새벽같이 친구들이 또 와주었습니다. 그리고 언 땅을 파고 어머니의 이사를 도와주었습니다.

어머니 꽃이 핀 그곳이 이제… 어머니의 집입니다. 어머니와 아버지가 나란히 심겨진 그곳이 이제… 우리 집입니다.

차마 보내지
못해서

친구 진희는 아들을 먼저 보냈습니다. 어느 날 갑자기 사고로 아들을 잃고 나서 진희는 매일매일 아들이 묻힌 묘지에 갔습니다.

갈 때마다 남편을 끌고 갔습니다. 준혁이한테 가보자고… 애가 보고 싶다고… 아내를 따라 아들을 만나러 가다가 가다가 지친 남편이 말했습니다.

"우리 이제 그만 가자. 살 사람은 살아야지. 준혁이 그만 보내주자."

아내는 그럴 때마다 남편에게 원망을 퍼부었습니다. 어떻게 아들을 먼저 보내놓고 더 살기를 바라냐고… 식사를 잘하는 남편을 보다 밥상을 엎어버리기도 했습니다. 아들 먼저 보내놓고 밥이 넘어가냐고…. 회사에 나가는 남편에게 울부짖기도 했습니다. 아들 먼저 보내놓고 어떻게 멀쩡하게 일을 할 수 있냐고… 부모 팔자가 더러워서 아들 먼저 앞세웠다고… 그렇게 남편의 속을 박박 긁었습니다.

아들이 사라진 가정에 평화는 사라졌고, 울음과 탄식만이 가득했습니다. 아들과의 끈을 놓지 않은 채 진희는 그렇게 슬퍼했고, 그리워했고, 먼저 자식을 보낸 부모라서 미안해했습니다. 결국 남편은 애써서 붙잡고 있던 직장에서 해고되었고, 진희 또한 날이 갈수록 초췌해져 갔습니다.

하루는 남편이 술을 먹고 들어와서 말했습니다.

"이럴 거면 우리도 차라리 같이 죽자. 이렇게는 도저히 못 살겠다."

아내는 남편의 괴로움은 못 보고, 자신의 고통으로 가슴을 쥐어뜯기만 했습니다.

그날도 내키지 않아 하는 남편을 끌고 아들에게 찾아갔습니다. 그날도 묘지 앞에서 꽃을 샀습니다. 그런데 꽃을 파는 가게 아저씨가 부부를 보고 말했습니다.

"이제는 오지 마세요. 어머니한테 꽃 파는 거 오늘이 마지막이라고 알고 있겠습니다."

꽃집 아저씨의 그 말을 듣는 순간 진희가 화를 냈습니다.

"무슨 말이에요? 여기밖에 꽃집이 없는 줄 아세요? 내 아들한테 내가 오는 게 뭐 어때서요?"

그러자 꽃집 아저씨가 야단치듯 말했습니다.

"그렇게 슬퍼하고 매일 찾아오면 아들이 편히 못 떠나요. 아들이 저승길 가지 못하고 구천을 떠돌게 하고 싶으면 매일 이렇게 오시든가요."

그 말에 진희의 가슴이 덜컥 내려앉았습니다. 마치 아들이 하는 말 같았기 때문입니다. 그동안 참고 억눌렀던 울음이 터졌습니다. 남편이 그런 아내를 안아주었습니다. 그 품에 안겨 진희는 펑펑 울었습니다.

얼마나 오래 울었을까요… 남편과 부둥켜안고 우는 동안 꽃집 아저씨는 묵묵히 기다려줬습니다.

그날 아들의 묘 앞에 꽃을 놓고 진희는 말했습니다.

"엄마랑 아빠, 이제 안 올 거야… 너는 훨훨… 네 갈 길 가."

그렇게 아들을 보내고 돌아오는 길… 새소리가 청명하게 들렸습니다. 그전에는 새소리가 울음소리로만 들렸는데… 노랫소리처럼 청명한 새소리를 들으니 아들이 정말로 훨훨 가볍게 제 갈 길 가는 것만 같았습니다

딸 걱정
때문에

자식을 앞세우고 나서 슬픔에 차서 지내는 동안 진희는 아버지의 마음을 돌아보지 못했습니다. 자식 잃은 딸 걱정에 아버지는 표현도 못 하고 안타까워하다가 어느새 하얗게 늙어버렸습니다.

모처럼 고향에 내려온 진희는 친구들과 식사하고 들어간다고 했는데, 소주를 한잔 하고 이런저런 이야기를 하다가 좀 늦게 귀가하게 되었습니다.

골목길에 들어서는데 아버지가 서성이며 진희를 기다리고 있었습니다. 여든이 넘은 늙은 아버지가 예순 된 딸이 걱정돼서 기다리는 모습을 보자 진희의 가슴이 덜컥 내려앉았습니다. 그사이 다 늙은 자식 걱정에 아버지의 어깨는 더 구부정해지고 가로등 밑에서도 보일 정도로 주름이 깊게 패어 있었습니다.

'내 가슴이 찢어지는 동안 아버지의 가슴은 천 갈래 만 갈래로 찢어졌구나… 내가 눈물 흘리는 동안 아버지의 가슴은 피눈물을 흘리셨구나….'

진희를 본 아버지가 퉁명스럽게 물었습니다.

"아, 왜 이리 늦었어?"

진희도 짐짓 퉁명스럽게 대꾸했습니다.

"아, 왜 나와 기다리세요?"

"걱정되니까 그러지!"

"다 늙은 딸 뭐가 걱정돼서!"

그렇게 서로의 마음을 모른 척하며 토닥토닥 다투면서 아버지와 딸은 집으로 들어갔습니다.

내
잘못이었네

은서는 사귀던 남자 친구와 헤어지고 한동안 방황을 심하게 했습니다. 그 사람과 일생을 같이하고 싶었는데, 그 사람 아닌 사람은 인생의 파트너로 생각해보지도 않았는데, 갑작스런 결별 통보에 가슴이 찢어질 듯 아팠습니다.

연락도 끊어버리고 도저히 만나주지 않는 그 사람을 잊지 못해 하루는 술을 마시고 거리를 걷다가 천막에서 점을 보는 할아버지가 있길래 불쑥 들어가 말했습니다.

"그 사람… 나한테 돌아오는 방법 좀 알려주세요."

그렇게 말하니 눈물이 터졌고 울음을 그칠 수 없었습니다.

"제발… 그 사람 좀 나한테 돌아오게 해주세요."

나중에는 떼를 썼습니다.

철학관 할아버지는 은서가 다 울기를 기다렸다가 말했습니다.

"손금 좀 보자."

할아버지는 손금을 보더니 이렇게 말했습니다.

"그 사람이 널 버린 게 아니야! 네가 그 사람을 찬 거야!"

은서는 아니라고, 그 사람이 날 버린 거라고 그 사람이 나쁘다고 울며 말했습니다. 그러나 할아버지가 다시 말해줬습니다.

"울지 말고 집에 들어가! 들어가서 네 손금 중에 애정선을 잘 들여다봐! 그럼 내 말이 맞다는 걸 알게 될 테니!"

은서는 그날 밤 손을 펴서 애정선을 들여다보았습니다. 그리고 그 손과 마주 잡았던 손, 손가락에 걸었던 약속들을 떠올려보았습니다. 손금의 어디쯤에서 엇갈려버린 것일까, 애정선 어디쯤에서 이별이 예정돼 있었던 것일까…. 이런저런 생각을 하다가 은서는 깨달았습니다.

'그래… 그 할아버지 말이 맞았네…. 내가 그 사람 버렸네….'

수많은 철학자들은 사랑은 결코 운명이 아니라고 말합니다. 내가 뭔가 계산을 했기 때문에, 내가 뭔가 바라는 게 있었기 때문에, 내가 뭔가 지키지 못한 것이 있었기 때문에, 그래서 애정선이 내 손금에서 사라져버린 것인지도 모릅니다.

결국 사랑은 손금에 있는 것이 아니라 내 두 손에 달린 것입니다. 운명에 있는 것이 아니라 내 마음에 달린 것입니다.

석양이
내 손님

제주도 올레길을 걷는데 한 집이 눈에 유독 들어왔습니다. 할머니 한 분이 툇마루에 방석을 꺼내놓고 앉아서 삼방산 쪽으로 지는 해를 보고 있었습니다. 마치 누군가를 기다리듯 한참을 그렇게 앉아 있었습니다.

"누구 올 사람이 있어요? 왜 그러고 앉아 계세요?"

걸음을 멈추고 다가가 물었더니 할머니가 대답했습니다.

"저 석양이 내 손님이지."

그곳에서 자식들과 손자들을 하염없이 기다리기도 하지만, 아무도 찾아오는 사람이 없어도 기다리는 건 마찬가지입니다. 할머니는 언제나 떠오르는 해에게 말을 걸고, 지는 해에게 말을 걸다가 석양이 찾아오면 인사를 하고 방으로 들어간다고 했습니다.

땅을 기어다니는 개미들에게 놀자고 말을 거는 사람, 동네를 지키는 강아지들에게 놀자고 말을 거는 사람, 해가 지고 달이 뜨는 하늘과 하루 종일 대화하는 사람… 외롭지만 그들은 자연마저도 삶의 친밀한 벗으로 만들 수 있는 위대한 능력을 가진 사람들입니다.

그 섬에
그가 있었네

제주도에 가면 꼭 들르는 곳이 있습니다. 삼달리에 있는 김영
갑 갤러리 '두모악'입니다. 사진작가 김영갑 선생님은 사진 작업
을 하려고 제주도를 오르내리다가 제주도에 매혹되어 제주도에
정착했습니다.

버려진 학교를 작업실 삼아 그곳에서 사진 작업을 하던 중에
루게릭병이라는 진단을 받았습니다. 온몸이 무너지는 투병 생활
을 하면서도 김영갑 선생님은 사진기에서 손을 떼지 않고 제주
의 오름, 바람과 돌, 바다와 들판을 담아냈습니다.

김영갑 선생님의 책《그 섬에 내가 있었네》를 보면 "무성한
이파리들을 모두 벗어버린 겨울나무처럼 내 몸도 앙상하다."는
표현이 나옵니다. 내가 찾아갔을 때 선생님은 그렇게 이파리를

다 내려놓은 겨울나무 같았습니다. 그런데도 선생님은 안간힘을 다해 나의 이야기를 들어주었고, 어떤 이야기든 한마디라도 더 해주려고 하였습니다.

그때의 나는 철이 너무도 없었습니다. 그 당시 소설을 집필하고 있었는데, 남자 주인공을 루게릭병을 앓는 사람으로 설정해 두었습니다. 그 병에 대해 궁금한 게 많았습니다. 그래서 이것저것 물었는데, 선생님은 힘들었을 법한데도, 귀찮아하거나 불쾌해하지 않고 정성껏 이야기를 들려주셨습니다.

선생님과의 만남을 끝내고 아쉽게 돌아서려는데, 내가 얼마나 철이 없게 느껴지는지 후회가 밀려왔습니다.

"제가 편찮으신 분을 찾아와서 너무 고생시켜 드렸어요. 죄송해요, 선생님."

사과했지만 선생님은 아니라고, 괜찮다고, 고개를 설레설레 저었습니다. 그 사소한 행동 하나에도 그가 얼마나 안간힘을 쓰는지 알 수 있었습니다.

서울로 돌아와 소설 집필을 마치고 선생님을 찾아가 그날의 무례함을 다시 사과드려야겠다고 생각했습니다. 선생님한테 어떤 선물을 드리면 좋을까 고심도 했습니다.

그러나 선생님은 그리 오래 기다려주지 않았습니다. 곧이어 돌아가셨다는 소식을 들어야 했고, 나는 갚지 못할 빚을 진 사람이 되고 말았습니다.

몸은 부자연스러워도 정신만은 자유롭다.
힘든 몸으로 사진 갤러리를 열었다는 얘기를 듣고
어떤 이는 눈물을 흘리고 어떤 이는 네 번 다섯 번 찾아온다.
그들은 내 이야기에 귀를 기울인다.
몸이 허락하는 한 그들에게 많은 이야기를 들려줄 생각이다.
건강할 때보다 더디고 힘이 들지만 그들이 찾아와준다면
나의 이야기는 계속될 것이다.

《그 섬에 내가 있었네》의 이 구절은, 그리고 너무 아름다워 마음이 아픈 그의 사진들은, 후회로 어질러진 나의 마음을 토닥거려줍니다. 김영갑 선생님은 훗날 내가 그와 같은 세상에 가게 되면 꼭 한 번 더 찾아뵙고 싶어지는 분입니다. 그 아쉬움과 미련이 크기 때문일까요. 제주도에 갈 때마다 두모악에 들러서 그 마당에서 한참 머물기도 하고 선생님의 작품을 오랫동안 감상하고 나옵니다.《그 섬에 내가 있었네》에서 한 구절을 더 기억하며 옮겨봅니다.

살고 싶다고 해서 살아지는 것도 아니요,

죽고 싶다고 해서 쉽사리 죽어지는 것도 아니다.

기적은 내 안에서 일어난다.

내 안에 있는 생명의 기운을, 희망의 끈을 나는 놓지 않는다.

사람의 능력 밖의 세계를 나는 믿는다.

어머니
병실에서

어머니 병실에 모인 우리 네 자매는 꽃 같던 어머니를 저토록 사위게 한 건 우리 자식들이 아닐까 생각했습니다. 그리고 우리가 언제 가장 어머니 속을 썩였는지 얘기를 했습니다. 그런데 다 한 가지씩 크게 어머니 속을 썩인 일이 있었습니다.

큰언니는 사춘기 시절 반항한 것, 정연 언니는 어린 시절 길을 잃어버려 어머니를 기절시킨 것, 나는 결혼 후 경제적으로 어려움을 겪으며 어머니를 울게 한 것, 정미는 학창 시절 병원 신세를 진 것….

자잘한 것부터 끄집어내니 끝도 없습니다. 어머니가 병든 게 우리 탓인 것 같아서 넷 다 고개를 푹 숙이고 눈물만 뚝뚝 흘렸습니다.

동생을 간호하는
오빠

어머니가 입원한 병실에 여동생을 한결같은 정성으로 보살피는 오빠가 있었습니다. 처음에는 60대 부부로 알았습니다. 그러나 여동생을 간호하는 오빠였습니다.

아내도 아니고, 어머니도 아니고, 여동생인데 어쩌면 그렇게 극진히 간호할 수 있는지 물었습니다.

"나도 몇 해 전에 몸이 아팠는데, 그때 여동생이 극진히 간호해준 덕분에 겨우 살아났어요. 여동생 덕분에 살아나서 얻은 새 목숨인데 여동생을 위해 이것도 못하겠습니까?"

반칠환 시인은 〈나를 멈추게 하는 것들〉이라는 시에서, 육교 아래 봄볕에 탄 까만 얼굴로 도라지를 다듬는 할머니의 옆모습이 나를 멈추게 하고, 굽은 허리로 실업자 아들을 배웅하고 돌아서는 어머니의 뒷모습이 나를 멈추게 한다고 했습니다.

여동생을 살뜰하게 간호하는 오빠의 모습이 나를 멈추게 합니다. 바삐 뛰는 우리를 멈추게 하는 것은 언제나 이렇듯 착한 사람들이 아닐까 생각해봅니다.

시인도 자신의 걸음을 멈추게 한 힘으로 다시 걸었듯이 나 역시 내 걸음을 멈추게 한 힘으로 다시 걷습니다.

바보라서
좋다

똑똑한 사람이 넘쳐납니다. '나는 똑똑하다.'고 자부하는 사람들도 너무 많습니다. 그들의 특징은 다른 사람은 모두 잘못 알고 있다고 속단합니다. 자신이 더 잘 알고 있다고 생각합니다. 그러니 다른 사람들의 의견을 받아들이지 못합니다. 그러나 스스로 자신을 바보라고 생각하는 사람은 그렇지 않습니다.

연예대상을 받은 김종민 씨 인터뷰를 봤습니다. 그는 자신이 바보라서 좋다고 했습니다. 그의 성공비결이 거기에 있는 듯했습니다. 자신을 낮추고 다른 사람 의견이 다 옳을 수 있다고 생각합니다. 그래서 다른 사람의 의견에 귀를 기울입니다.

바보는 다소 느리게 이해하지만 한번 이해한 건 잊지 않는다고 김종민 씨가 인터뷰에서 말한 것처럼 스스로의 부족함을 인정한 사람은 뭐든 이해하려고 온 마음을 쏟습니다. 온 영혼을 다해 이해하니 그것을 잊을 수가 없습니다. 진심을 다하기 때문에 느리지만 스펀지처럼 받아들여 자신의 것으로 삼을 수 있습니다. 모든 것에 고마워하고 진심을 다하기 때문에 그 마음이 타인에게도 전달됩니다.

그러므로 어쩌면 내가 바보라고 생각하는 사람이 가장 영리한 사람은 아닐까요. 반대로 내가 세상에서 제일 똑똑하다고 생각하는 사람이 가장 어리석은 사람은 아닐까요.

스스로 바보라고 생각하는 사람은 기다려주기만 하면 잘합니다. 그러나 자칭 똑똑하다고 자만하는 사람은 다른 사람이 기다리는 것조차 용납하지 않습니다.

결국 성공하는 사람은 바보입니다. 바보들이 잘되는 세상이 좋은 세상입니다.

실패를
축하한다

내 조카는 한 번도 실패라는 것을 경험해보지 못했습니다. 대원외고도 척척 붙었고 서울대학교도 단번에 합격했습니다. 그러다가 대학 졸업을 앞두고 취업 시험을 봤는데 난생처음 떨어졌습니다. 그런데 재미있게도 친구들과 선배들이 다 모여 파티를 해준다는 것입니다. 그 파티의 명목은 위로 파티가 아니었습니다. 떨어진 데 대한 '축하祝下' 파티였습니다.

실패를 축하한다고 축하주를 산다는 친구들, 재치만점 친구들과 선배들 덕에 조카는 취업 시험에 떨어지고도 활짝 웃을 수 있었습니다.

그래요, 젊은 날의 실패는 정말 축하할 일입니다. 성공만 하면서 나이가 들면 저절로 오만해집니다. 그래서 옛글에도 가장 경계해야 할 것이 '초년' 성공이라고 했습니다.

자연은 직선이 아닌 곡선으로 서서히 익어갑니다. 꽃도 열매도 천천히 곡선을 그리며 성장합니다. 인간도 자연입니다. 실패도 하고, 실수도 하고, 좌절도 하고, 슬픔도 겪어가며 천천히 성장하는 곡선의 삶이 진정한 인간을 만들어갑니다.

젊은 날의 실패들은 보기 좋은 나이테를 이뤄가겠지요. 그래서 울울창창한 큰 나무로 성숙해가겠지요. 그러니 한번 실패했다고 다 끝난 것처럼 절망할 일 아닙니다. '실패'라는 말에는 동의어가 있습니다. '경험'이라는 단어입니다. 에디슨은 하나의 발명을 이루기 위해 무려 9,999번의 실패를 했다고 하죠. 그럴 때마다 에디슨은 이렇게 말했다고 합니다.

"실패야, 고맙다! 너로 인해 앞으로는 똑같은 실패를 하지 않게 됐으니까."

헨리에트 앤 클라우저는《종이 위의 기적, 쓰면 이루어진다》에서 이렇게 말했습니다.

가장 빠르고, 가장 똑똑하고, 가장 총명하고, 가장 부유한 사람에게 큰 승리는 오지 않는다. 큰 승리는 넘어질 때마다 일어나는 사람에게 오는 것이다.

대단히
특별하지 않아도

돌아가신 엄마 생각에 자꾸 눈시울이 뜨거워지던 어느 날, 참 따뜻한 글을 봤습니다. 백화점 사보를 만드는 딸이 엄마를 추억하는 글이었습니다.

딸은 그날도 밤늦게까지 일하느라 심신이 고달팠습니다. 상사에게 꾸지람을 듣고 연일 계속되는 야근에 신경이 날카로워져 있었습니다. 지난 사보들을 넘겨보던 딸은 20여 년 전의 사보 속에서 반가운 얼굴 하나를 발견했습니다. 바로 그녀의 엄마였습니다.

엄마는 돌아가시기 전에 그 백화점의 가방 매장에서 일했는데, 모범 사우로 선정되어 사보에 실렸던 것입니다. 딸은 20여 년 전 활짝 웃는 엄마의 사진을 먹먹한 마음으로 보다가 그 내

용을 읽어보았습니다.

매장에 한 손님이 들어와 핸드백을 사갔는데 70만 원짜리 지갑 하나가 눈에 보이지 않았다고 합니다. 정황상 그 손님이 훔쳐간 게 분명했습니다.

3일 뒤 그 손님이 겸연쩍은 표정으로 다시 매장에 나타났지만 당시 직원이었던 엄마는 티를 내지 않고 반가운 인사로 맞았습니다. 자신을 따뜻하게 맞아줘서 마음이 동요했는지 그 손님은 다음 날 전화로 지갑을 훔쳤다고 자백하면서 울었다고 합니다.

옛날 사보를 읽고 나니 딸은 엄마 생각이 많이 났습니다. 이렇게 활짝 웃으셨구나… 대단히 특별하지 않아도 이렇게 인정도 받았구나, 이렇게 꿋꿋하게 어려운 시간들을 이겨냈구나… 대단히 특별하지 않더라도 나도 엄마처럼 이렇게 웃으면서 씩씩하게 살면 좋을 텐데….

엄마… 나도 엄마처럼 잘 살아갈게요….

딸은 오래전 사보 속의 엄마처럼 활짝 웃으며 다짐했습니다.

미소가 지닌
가치

"자본은 필요 없다. 그런데도 이익은 막대하다. 주어도 줄지 않고, 받는 자는 풍요로워진다."

미국의 대자본가인 카네기가 말한, 막대한 이익을 주는 이 요소가 무엇일까요? 자본도 필요 없고, 아무리 주어도 줄어들지 않고, 받는 사람은 풍요로워지는 것이 무엇일까요?

그것은 바로 '미소'입니다.

카네기는 미소에 대해 이렇게 덧붙입니다.

"한순간 보여주면 그 기억은 영원히 기억된다. 아무리 부자라도 이것 없이는 살 수 없다. 아무리 가난해도 이것에 의해 풍요로워진다."

살 수도, 강요할 수도, 빌릴 수도, 훔칠 수도 없는 것, 무상으로 주어야 비로소 가치가 있는 것이 미소입니다. 그 가치는 영원하며, 어떤 물질보다 풍요롭고, 어떤 가난도 이길 수 있습니다.

그렇다면 습관처럼 미소를 지어볼 일입니다. 잘 웃는 사람이라는 이미지를 지녀볼 만합니다. 실없는 사람이라는 소리 좀 들으면 어떤가요. 엄청나게 큰 이익이 돌아오는데….

눈에
눈물이 없으면

　드라마를 할 때 함께 일하는 배우들을 보면, 힘든 세월을 거친 배우들일수록 연기를 잘합니다. 그리고 성품도 좋아서 연기 생명이 깁니다.

　그러나 너무 일찍 인기를 얻어 승승장구한 배우들은 다른 사람의 슬픔이나 아픔을 깊이 공감하지 못하기 때문에 연기에 한계가 있습니다. 흉내만 내는 것입니다. 그리고 성품이 오만해서 남의 탓을 잘합니다. 연기를 돌아보지 못하고 연출과 대본 탓을 하는 것입니다.

　나는 연출자와 배우를 논의할 때 연기력과 스타성도 좋지만 성품도 꼭 보자고 합니다. 내 경험상 호흡이 긴 연속극인 경우 배우가 지닌 성품은 드라마에 많은 영향을 미치기 때문입니다.

　꼭 배우만이 아닙니다. 같이 일할 사람이나 배우자 등 어떤 사람을 선택할 때는 그가 아무 탈 없이 살아왔느냐를 볼 게 아니라 어떤 시련을 이기며 살아왔느냐를 봐야 합니다.

'한때 울었던 사람'이 지금 우는 사람을 이해하고 '한때 어려웠던 사람'이 지금 어려운 사람을 이해하기 때문입니다.

《신화에게 길을 묻다》를 펴낸 후 신화 관련 강연을 할 때 누군가 물었습니다. 신화 속 인물 중에 누굴 가장 좋아하느냐고. 나는 주저하지 않고 대답했습니다.

"아킬레우스입니다."

신화 속 아킬레우스의 이야기에서 '아킬레스건Achilles tendon'이라는 용어가 생겼죠. '아킬레스건'이란 발뒤꿈치의 강한 힘줄을 말하는데, 비유적으로는 '치명적인 약점'을 말하기도 합니다. 트로이 전쟁의 영웅인 아킬레우스는 평생 그의 약점인 발뒤꿈치의 힘줄 때문에 고전을 면치 못했습니다. 그런데 그가 정이 많고 고결한 영웅으로 알려진 이유 또한 그 결점 때문이었죠.

아킬레우스는 전쟁에서 피를 나눈 혈육과도 같았던 친구를 잃습니다. 그리고 친구를 죽인 헥토르와 맞서 싸웁니다. 처절한 전투 끝에 아킬레우스의 창이 헥토르에게 날아가 꽂혔습니다. 아킬레우스는 헥토르의 시체를 마차에 매달고 트로이 성벽을 돌아 친구가 죽어 있는 곳으로 갔습니다. 헥토르의 아버지는 찢어지는 가슴을 부여잡고 아킬레우스의 막사로 찾아가 그 앞에 무릎을 꿇고 아들의 시신을 넘겨달라고 빕니다. 친구의 죽음을 슬퍼하는 아킬레우스, 아들의 죽음을 슬퍼하는 헥토르의 아버지. 그들은 서로에게 슬픔을 준 존재들이었습니다. 그러나 서로의 찢어지는 마음을 너무나 잘 이해할 수 있었습니다. 결국 아킬레우스는 헥토르의 시신을 그의 아버지에게 넘겨주었습니다. 눈물을 흘렸던 자로서 눈물을 흘리는 자를 가슴에 품은 것입니다. 그래서 그는 제가 손에 꼽는 가장 멋진 영웅입니다.

한 번도 깊이 울어보지 않은 사람이 과연 이 세상의 슬픈 사람들을 이해할 수 있을까요? 인디언들은 눈에 눈물이 없으면 그 영혼에는 무지개가 없다고 말합니다.

울어본 사람이 우는 사람의 심정을 압니다. 아파본 사람이 아픈 심정을 헤아리고, 굶어본 사람이 가난을 이해하고, 사랑을 잃어본 사람이 실연의 아픔을 압니다. 사랑을 받아본 사람은 사랑을 줄 줄 알고, 실패해본 사람은 인생의 쓰라림을 이해합니다.

눈물을 흘려본 사람은 타인을 위해
울 준비가 되어 있는 사람입니다.

꼬깃꼬깃한
만 원짜리 한 장

지인이 요양원에 있는 어머니를 만나러 간 날이었습니다.

하루하루 쇠약해져 가는 어머니의 얼굴을 보고 속으로 슬픔을 삼키고 있는데, 어머니가 딸의 손에 뭔가를 꽉 쥐여주었습니다. 뭔가 봤더니 꼬깃꼬깃 구겨진 만 원짜리 지폐 한 장이었습니다.

"엄마가 너 주려고 기다렸다. 이것으로 맛있는 거 사먹어라."

어린 딸로 착각하신 건지, 다 큰 딸이어도 헛헛해 보여서 그랬는지 어머니의 눈빛은 예전과 똑같았습니다.

지인은 어머니가 주신 꼬깃꼬깃한 만 원짜리 지폐 한 장을 다리미로 잘 다려서 보관합니다. 그리고 어머니가 보고 싶을 때마다 꺼내 봅니다.

친구의 양말이
예뻤어

뮤지컬 배우 최정원 씨는 어릴 때 할아버지 흉내를 잘 냈습니다.

"어미야! 물 떠와라!"

할아버지가 엄격하고 무서운 편이었는데, 할아버지 흉내를 내면 어머니는 부리나케 물을 떠서 달려오곤 했습니다.

딸이 장난친 걸 알고 나서도 어머니는 혼내지 않고 웃으며 칭찬을 해줬습니다.

"아유, 어쩜 그렇게 흉내를 잘 내니?"

어머니가 즐거워하고 좋아하니까 딸은 자꾸 성대모사를 했습니다. 동네 사람들 흉내를 내기도 했는데, 그때마다 어머니는 즐겁게 웃으며 칭찬해주었습니다.

'아, 나는 연기를 잘하는 사람이구나. 연기를 해서 엄마를 기

쁘게 해줘야겠구나.'

어머니의 그 칭찬이 지금의 뮤지컬 배우를 만들었습니다.

최정원 씨가 엄마가 되고 나서는 또 그녀의 딸에게 가르친 게 있습니다. 하루에 한 번 무조건 칭찬하기입니다.

초등학교 때 어느 날인가는 칭찬할 게 없으니까 딸이 친구의 양말 무늬를 칭찬했습니다.

"엄마, 지수 양말 무늬가 정말 예뻤어."

그렇게 칭찬을 하루 한 가지씩 하다 보니 사람을 좋아하게 되었고, 밝은 성품이 되었습니다.

말은 듣는 사람의 마음에 독약이 되기도 하고, 보약이 되기도 합니다. '칭찬'이라는 보약은 돈도 들지 않습니다. 무엇을 칭찬해야 하냐고 묻고 싶겠지만 눈 한 번 더 씻고, 마음 한 번 더 씻고 찾아보면 칭찬거리가 보입니다.

다른 사람에게서 좋은 점을 찾아내려는 사람들은 주로 이렇게 말합니다.

"그 사람은 성격이 밝아서 어느 자리에서나 사람들을 즐겁게 해줘요."

그러나 어떤 사람은 이렇게 말하기도 합니다.

"그 사람은 말이 어찌나 많은지 시끄러워 죽겠어요."

한 사람을 두고도 장점을 발견하는 사람과 단점을 보는 사람이 있습니다.

상대방이 변하기를 원한다면 약점을 들춰내기보다는 숨어 있는 장점을 캐내야 합니다. 그 사람의 단점 교정자가 되는 것이 아니라, 그 사람의 장점 발견자가 되는 것은 어떨까요.

내 칭찬 한마디가 한 사람의 인생을, 그의 인생을 바꿔놓을 수 있습니다. 그리고 내 칭찬 한마디가 절망에 빠진 그를 구할 수도 있습니다.

처음
받은 상

지인의 어머니는 올해 78세입니다. 그리고 할머니가 살아 계시는데 할머니 연세가 올해로 102세가 되셨습니다.

어버이날을 앞둔 어느 날, 어머니가 전화로 딸에게 빅뉴스를 전했습니다. 어머니가 도지사가 주는 효부상을 받게 되었다는 것입니다. 50년 넘게 홀시어머니를 모신 보람이 있었습니다. 딸은 어머니에게 진심으로 축하한다고 말했습니다.

"엄마, 상 받을 만해요. 고생했어요."

그러자 어머니가 선뜻 그 말을 받아들이셨습니다.

"그래, 나 고생했다. 상 받을 만하다. 상 그거 받는다고 뭐 대단하겠냐마는 이 평생 살아오면서 고생한 거는 알아줘야지."

당신 공을 스스로 높이 쳐서 그런 말을 한 건 아닙니다. 꿋꿋하게 살아온 자신에 대한 위로의 말이었습니다. 어머니는 평생 살아오면서 처음 받아보는 상이라며 좋아했습니다.

평생 섬에서 농사를 지으며 홀시어머니를 모셔온 어머니…
그동안 좋은 일, 궂은일 우여곡절이 얼마나 많았을까요. 그 인
생을 누구도 보상해줄 생각을 못했는데, 장수한 시어머니 덕분
에 상을 받게 되었습니다.

딸은 어머니의 '처음 받는 상'이라는 말에 양심이 찔렸습니
다. 자식들이 진작 어버이상을 만들어 드렸어야 하는데…. 딸은
그저 어머니의 기쁨을 더 거들 뿐이었지요.

"효부상을 아무나 받나? 처음 받는 상을 아주 제대로 받으시
네. 그거 대단한 상이에요. 엄마가 자랑스러워요."

빈말이라도 딸에게 인정받으니 기분 좋은지 어머니는 부상으
로 받은 쌀을 딸에게 보내준다고 했습니다.

"아, 왜 엄마 상을 나한테 보내요? 엄마가 밥 지어 맛있게 드
시지!"

그러나 어머니는 딸이 그 쌀로 밥을 맛있게 지어 먹으면서 어
머니를 뿌듯하게 한 번 더 생각하기를 바라셨나 봅니다. 기어이
쌀을 보내겠다고 고집합니다.

딸은 전화를 끊고 어머니의 인생이 어땠을까 한번 가만히 떠
올려봅니다. 숙명처럼 묵묵히 살아온 그 인생이 애틋했습니다.

자식으로서, 딸로서 무심함이 미안했습니다.

"나 상 받았어!"

이웃들 불러 마루에 앉아 설탕 듬뿍 탄 커피를 마시며 수줍게 자랑할 어머니도 떠올려보았습니다. 100세 넘은 정정한 시어머니는 무슨 생각을 하실까도 떠올려봅니다. 우리 며느리 상 받을 만하다 하실까요, 아니면 흥 콧방귀를 뀔까요. 팔순을 눈앞에 둔 며느리와 백수가 넘은 시어머니는 오늘도 그렇게 연민과 애증을 오가며 살아가지만, 지나온 세월만큼 위로가 되어주기도 할 것입니다.

어떤 증언 1

대기업 건물에서 오래 청소 일을 해온 청소부로부터 흥미로운 이야기를 들었습니다.

그가 봐온 성공한 사람들 중에 오만하고 뻐기는 사람은 그 성공이 오래가지 못했다고 합니다. 그러나 성공한 사람들 중에 힘든 시절을 기억하고 겸손하고 온화한 마음을 간직한 사람은 어디서든 존경받는다고 합니다.

당연한 이야기입니다. 이 당연한 이야기를 당연하지 않게 한번 더 곱씹어 생각해보았습니다.

소위 성공이라는 것을 하면 예전에 울었던 시간을 완전히 잊어버리는 사람이 있습니다. 그 울었던 시간들이 그의 평생을 만들어간다는 사실을 잊고 애써 지워버리려는 사람이 있습니다.

그래서 미국의 이론물리학자 로버트 오펜하이머가 이런 의미심장한 말을 했지요.

"내가 가장 존경하는 부류의 사람은 수많은 일을 훌륭하게 처리할 수 있는 능력을 가졌지만 여전히 눈물이 무엇인지 아는 사람입니다."

어떤 증언 2

택배 기사로 일하는 청년이 들려준 이야기입니다.

택배 물건을 배달하다 보면 별별 사람이 다 있습니다. 어떤 집에 가면 쓰레기봉투를 주면서 내려가는 김에 버리고 가달라고 하는 사람도 있습니다.

그런가 하면 땀을 뻘뻘 흘리며 뛰어다니는 택배 청년에게 생수 사먹으라고 2천 원 건네는 노인도 있고, 목 축이라며 귤 몇 개, 음료수 몇 개 손에 들려주는 사람도 있습니다. 바쁜 일정에 끼니 거르고 다닐까 봐 간단한 요깃거리를 챙겨주는 따뜻한 마음 가진 사람도 있습니다.

이런 사람, 저런 사람 어울려서 사는 세상인데, 배달 일을 한다고 깔보거나 소위 갑질하는 사람들 집에 가보면 집 분위기가 아무리 화려해도 썰렁합니다.

그러나 수고 많다며 말 한마디라도 따뜻하게 하는 집에 가보면 아무리 초라한 집이라도 행복한 기운이 깃들어 있습니다.

청년은 말합니다.

결국 행복은 물질이 아니라 마음에서 오는 것 같다고….

안 좋은 경험이
나를 흔들지 않게

어느 방송인이 어린 시절 성폭력을 당한 경험을 방송에서 얘기하는 것을 들었습니다. 그녀는 그 이야기를 하는 이유를 이렇게 설명했습니다.

"그런 안 좋은 경험들이 더 이상 나에게 영향을 미치지 않기 때문입니다."

어느 날 나에게 어려운 문제가 닥칠 수 있습니다. 논리로 풀지도 못하고 수리로 계산도 안 되는 문제, 방정식처럼 법칙이 있는 것도 아니고 암기 과목처럼 외우면 되는 것도 아닌 문제가 닥칩니다. 무방비 상태로 있다가 인생이라는 이상한 문제에 한 방 먹을 수도 있습니다.

대숲에 부는 바람처럼 어떤 일이 닥쳐올 때, 어떤 이는 마치

폭풍이 지나간 자리처럼 마음이 폐허가 되어버립니다.

하지만 어떤 이는 언제 그 바람이 다녀갔는지도 모르게 지나간 일에 매달리거나 얽매이지 않습니다. 그런 경험 따위가 내 인생을 갉아먹게 두지 않겠다, 그런 경험 따위가 내 인생에 더 이상 영향을 미치지 않게 하겠다, 당당하게 지워냅니다.

안 좋은 기억으로 울고 있는 당신에게 할머니 시인 시바타 도요의 《약해지지 마: 두 번째 이야기》에서 〈아들에게 Ⅳ〉라는 시 한 편을 찾아 전합니다.

인생에
맞고 틀리고가
어딨겠어
마음먹기에 따라
푸른 하늘이 보이기 시작할 거야
바람 소리도 들려올 거야

쉼터

3장

타인의 어깨에 잠시 기대어

잘 들어줘라

형부가 존경하는 교수님이 정년퇴직을 한 후 속리산 보은에 가서 산다고 합니다. 제자들이 찾아갔는데 동네 사람들이 제자들이 왔다고 감자도 쪄 오고 미숫가루도 타 왔습니다.

어떻게 동네 사람들이 교수님한테 그렇게 잘해주냐고 물었더니 사모님이 말했습니다. 교수님은 동네 사람들이랑 얘기할 때 한 마디 안부만 여쭙고는 계속 그 사람들 말을 들어준다고….

서울 굴지의 대학에서 30년 동안 학생들을 가르치신 분이니 얼마나 많이 알겠습니까만, 당신의 입은 닫고 귀만 열어 동네 사람들의 말을 들어주었습니다. 그러니까 금세 그 동네 사람이 되었습니다.

대화를 유쾌하게 하는 방법을 두 가지로 압축시키자면, '상대방을 배려하는 것'과 '잘 들어주는 것'이라고 할 수 있겠죠.

그중에서도 한 가지로 압축하라면, '잘 들어주는 것'이 강조됩니다.

훌륭한 대화법 제1조는 '경청'입니다. 백 마디 말보다 잠깐의 경청이 놀라운 효과를 만들어냅니다. 잔소리를 하고 논쟁을 하고 반박을 하는 말은 그대로 화살이 돼서 나에게 돌아옵니다. 그러나 잘 들어주는 정성 어린 미음은 화사한 꽃이 되어서 나에게 돌아옵니다.

그리고 잘 들어주는 그 순간, 이미 당신은 가장 행복한 사람이 되어 있을 것입니다.

제가
찍어드릴게요

제자 중에 수연이라는 이름을 가진 이가 있습니다.

수연은 남편의 직장 때문에 아이를 데리고 미국으로 건너갔습니다. 아는 사람 하나 없는 타국 땅에 도착해서 급하게 집을 구하러 다녔습니다. 한국에서 보낸 이삿짐도 도착하지 않아 거의 맨몸으로 지내야 했습니다. '척박한 타국 생활'이라는 말이 정말로 실감이 날 정도였습니다.

그러던 어느 날, 어린 아들과 같이 가는데 빨갛게 물이 오른 단풍이 참 예뻐 보였습니다. 그때는 셀카봉 같은 것이 없어서 아들과 번갈아가면서 서로를 찍어주었습니다. 둘이서 한참 그러고 있는데 지나가던 차가 멈춰 서더니 미국인 남자가 내려서 사진을 찍어주겠다고 했습니다.

'귀찮게 주차까지 해서 사진을 찍어주나….'

카메라 가지고 그냥 홱 도망가는 사람들 이야기도 떠오르고 해서 주저주저하면서 카메라를 내밀었습니다.

그런데 그 미국인이 바닥에 드러눕기까지 하면서 사진을 열심히 찍어주고는 다시 자신의 차를 타고 훌쩍 떠났습니다.

수연은 괜히 경계하고 주저하던 마음이 부끄럽기도 했고, 사진을 아름다운 각도로 열심히 찍어준 그 미국인이 참 고맙기도 했습니다.

6년 동안의 힘든 미국 생활 내내, 인종차별도 겪고 별의별 일이 다 있었지만 굳이 성가시게 차를 세우고 정성스럽게 사진을 찍어주던 그 미국인을 떠올리면 힘이 되었습니다. 다 나쁜 사람만 있는 건 아니다… 그 한 장의 사진이 위로가 되었습니다.

그 어떤 힘든 일이든, 고통의 크기가 크든 작든, 위로가 되는 것은 이런 사소한 따뜻함입니다.

세컨드
마더

지연에게는 엄마가 두 사람 있습니다. 어릴 때 돌아가신 엄마, 그리고 엄마가 돌아가신 후 키워주신 고모.

이모, 고모, 숙모… 이렇게 뒤에 '모母' 자가 들어간다는 것은 Second Mother, '둘째 엄마'라는 뜻이라고 하지요.

지연은 초등학교 때 갑자기 엄마가 돌아가셨습니다. 바쁜 아버지는 늘 집에 계시지 않았습니다. 그러나 고모 덕분에 외롭지 않았습니다. 미혼인 고모는 회사가 끝나면 바로 달려와 지연에게 저녁을 차려주고 같이 놀아주고 숙제도 봐주다가 지연이 잠들면 집으로 가곤 했습니다.

고모가 결혼하고 나서는 둘째 아빠까지 생겼습니다. 아빠 노릇을 든든히 해주던 고모부가 돌아가셨을 때 지연은 홀로 되신 고모를 안고 함께 울었습니다.

이제 두 아이의 엄마가 된 지연은 혼자 외롭게 병원에서 투병 중인 고모에게 달려갑니다. 고모는 이제는 오지 말라고 호통을 칩니다. 그러면 지연은 고모에게 말합니다.

"어릴 때 내가 혼자 있으면 고모가 언제나 달려와주셨잖아요. 그런데 왜 나한테는 오지 말래요? 고모가 귀찮아도 나는 올 거예요."

언제나 기도합니다.

제발 둘째 엄마까지 데려가지 말아주세요….

지연은 둘째 엄마인 고모가 다 나으면 손잡고 여행을 갈 생각입니다. 그래서 돈을 부지런히 모으고 있습니다.

동생아,
미안하다

정이 씨가 운영하는 헤이리의 카페에 가면 여기저기 소박한 소품들이 놓여 있습니다. 오래된 자전거도 세워져 있고 오래된 책들도 꽂혀져 있고 꽃밭에 물 주는 물뿌리개도 있습니다. 그리고 아기자기한 꽃들이 사방에 피어 있습니다.

신기한 물건들도 있어서 "이게 뭐예요?"라고 물을 때마다 정이 씨가 대답합니다.

"우리 오빠가 쓰던 물건들이에요."

"우리 오빠가 쓰던 모자예요."

"우리 오빠가 영화 촬영감독이었거든요. 오빠가 촬영할 때 쓰던 거예요."

정이 씨의 카페 공간 구석구석에는 그렇게 오빠의 흔적으로 가득합니다.

정이 씨의 오빠는 몇 년 전에 세상을 떠났는데, 마지막 순간은 정이 씨가 오빠를 보살폈습니다. 영화 일을 하던 오빠는 뜻대로 일이 잘 안 풀리자 술을 가까이하면서 많이 방황했습니다. 그러다 보니 순식간에 건강에 적신호가 왔습니다. 정이 씨는 오빠에게 카드를 쥐여주며 식사 거르지 말고 친구들도 만나라고 간곡히 부탁하곤 했습니다.

힘겹게 일을 하면서 오빠의 바라지를 하고 있던 어느 날, 문자로 카드 사용 내역이 날아왔습니다.

'○○○ 동물병원 29만 원'

정이 씨는 웬 동물병원인가 싶어 오빠에게 전화를 걸었습니다. 그러자 오빠가 말했습니다.

"정이야, 미안하다."

길가에 버려진 강아지 한 마리가 아파서 낑낑거리길래 불쌍해서 동물병원에 데려가 치료해준 것이었습니다. 동생이 어렵게 번 돈을 썼다는 자책감에 오빠가 한 번 더 말했습니다.

"정이야, 미안하다."

그 후 투병 생활을 하던 오빠가 안타깝게도 세상을 떠났습니다. 정이 씨의 귓가에 아직도 오빠의 그 목소리가 맴돕니다.

"정이야, 미안하다, 미안하다…."

정이 씨는 생각합니다. 어쩌면 그때 오빠는 그 유기견이 자신

의 처지와 같다고 생각하지 않았을까…. 그래서 데려다 치료해
준 게 아니었을까….

작고 예쁘고 소박한 것을 유난히 좋아하던 오빠, 그래서 삭막
한 영화판을 견뎌내지 못했던 오빠….

정이 씨는 오빠가 좋아하던 작은 꽃을 심습니다. 그리고 오빠
가 쓰던 물뿌리개로 꽃에 물을 줍니다. 오빠가 좋아하던 것들을
간직하고 가꾸다 보면 오빠에 대한 안타까움이나 미안함도 조
금은 가시지 않을까요.

하루살이의
생일

대학 기숙사에서 있었던 일입니다. 몇몇이 모여 생일을 맞은 친구를 축하하고 있었습니다. 그런데 그 방에 하루살이들이 보였습니다. 생일을 맞이한 친구가 "에잇! 이놈의 하루살이!" 하며 모기약을 뿌리려고 했더니 다른 친구가 팔을 붙잡으면서 말했습니다.

"그 하루살이는 너와 생일이 같으니 오늘은 봐주자. 오늘만 살다 가려는데 네가 죽이면 되겠어?"

이 이야기를 듣다가 문득 어머니 생각이 났습니다. 어머니는 하수구에 나물 삶은 물을 버릴 때에도 벌레가 죽을까 봐 식혀서 버렸습니다.

어린 시절 과수원에 갔을 때 생각도 납니다. 그날은 일꾼들

여러 명과 함께 과수원에 약을 치는 날이었습니다. 한참을 뛰놀다가 어머니가 있는 곳으로 가니 어머니가 누군가에게 말을 건네고 있었습니다.

"어서 피해. 이거 뿌리면 너도 죽어."

가만히 보니까 나무에 매달린 뱀에게 하는 말이었습니다.

징그럽고 무서운 뱀의 생명도, 다들 하찮게 여기던 벌레의 생명도 귀하게 생각하던 어머니….

그런데 요즘 젊은 대학생들도 하루살이 목숨을 귀하게 여기다니, 그 마음이 참 예쁩니다.

타인의 어깨에
잠시 기대어

　하루 종일 힘든 격무에 시달리다가 퇴근하고 버스에 오른 주희는 자리에 앉자마자 눈꺼풀이 무겁게 내려앉으며 졸음이 몰려왔습니다.

　꾸벅꾸벅 졸다 보니 머리가 옆자리에 앉은 아주머니의 어깨에 내려앉아 있었습니다. 언뜻 깨어나서 "죄송합니다." 하고 바로 앉아보았지만 몇 분을 못 견디고 다시 머리를 아주머니의 어깨에 기대고 잠이 들었습니다.

　한참을 달리던 버스가 급정차하는 바람에 가방 안의 내용물이 다 쏟아졌을 때는 버스 안의 사람들이 킥킥 웃었습니다. 그러나 옆자리 아주머니는 주희를 도와 물건들을 주워주었습니다.

　"아가씨! 종점이에요!"

　버스 기사의 소리에 놀라 눈을 떠보니 주희는 그때까지 옆자리 아주머니의 어깨에 머리를 기대고 있었습니다.

놀라서 벌떡 일어나 인사하자 어깨를 내어주었던 아주머니도 그제야 자리에서 일어서며 인자한 미소를 지었습니다.

"집이 어딘지 알 수가 없어서 정거장 지나칠 때마다 깨우지 못했어요."

"그럼 아주머니는요?"

"나도 내릴 곳을 지나치고 말았네요. 아가씨가 너무 곤히 자서 깨울 수가 없었어요. 진작 깨워줄 걸 그랬나…. 종점에서 내려요?"

피곤한 사람을 위해 어깨를 내어주느라 종점까지 움직이지도 못하는 사람… 민폐를 민폐로 받아들이지 않고 연민으로 보듬어준 사람… 밤이라 위험하다며 택시를 타고 집 앞에 내려주고서야 돌아간 사람….

타인을 위해 내 어깨를 기꺼이 내어주고 타인을 위해 내 시간을 기꺼이 내어주는 사람… 이런 사람이 참 어른입니다.

엄마, 우리 힘들 때
시 읽어요

어머니가 살아 계실 때 《엄마, 우리 힘들 때 시 읽어요》를 언니와 함께 공저로 펴냈습니다. 어머니가 요양원에 계실 때부터 한 달에 한 번 언니와 함께 어머니를 찾아가 읽었던 시들, 그리고 그 시를 읽어드리며 어머니에게 해드렸던 이야기를 모은 책입니다.

어머니는 우리가 어렸을 적에 동화책을 읽어주셨습니다. 이제 어린아이가 되어버린 어머니에게 우리는 시를 읽어드렸습니다. 어린 시절의 우리는 판타지가 있는 동화가 좋았습니다.

그러나 인생을 관조하는 연세의 어머니는 시구 하나하나에 삶의 순간들을 대입시키며 시를 읽어드리는 동안 눈물짓기도 하고 때로는 미소를 짓기도 하셨습니다. 시를 읽어드리면 "아, 좋다, 좋다, 참 좋다." 하셨습니다.

언니는 어머니에게 시를 읽어드릴 때면 애교를 많이 떨었습니다.

"강지하 여사님, 오늘 시는 어떠셨나요?"

이렇게 갖은 애교를 부리며 물으면 엄마는 까르르 웃으시며 "이 시 참 좋다."라고 늘 대답해주셨습니다. 어떤 때는 시를 듣다가 우시고, 어떤 때는 까르르 웃으셨습니다. 우리에게는 어머니의 미소와 눈물이 다 소중했습니다.

김소월 시인의 〈예전엔 미처 몰랐어요〉를 읽어드리면서 그만 울어버렸습니다. 어머니를 사랑한다고 하면서도 사실 어머니가 뭘 좋아하시는지조차 아는 게 없었습니다. 맛있는 것은 다 자식들에게, 예쁜 것은 다 자식들에게 주시고, 당신은 다 가졌다고, 다 맛있다고만 하셨으니까요. 어머니가 뭘 좋아하시는지, 뭘 싫어하시는지…. 그저 알고 있는 건 이것 한 가지였습니다. 어머니는 자식을 좋아하신다….

그래서 아버지가 돌아가신 후(어머니가 편찮기 시작한 시간과 동일하네요.) 무조건 어머니에게 내는 시간을 영순위로 생각하려 했습니다. 어머니가 최고로 좋아하는 것은 자식의 얼굴이라고 생각하고 자주 달려가려 했습니다.

그러나 30일 중에 29일은 못 뵙고 지냈으니, 생의 시계가 너무 아쉬웠습니다. 어머니를 뵐 때마다 생명의 유한성이 슬프고, 이별의 과제가 언젠가는 닥칠 것이라는 불안감으로 가슴이 저렸습니다. 어머니를 볼 수 있을 때 시간을 무리하게 내서라도 얼굴을 보러 가서 뺨을 비비고 오곤 했습니다.

어머니에게 뺨을 비비며 함께 시를 읽는 시간은 이제 다시 오지 않겠지요. 그러나 어머니와 함께 읽었던 시들은, 그리고 어머니와 함께한 시간들은 꽃이 되어 자식의 가슴에 피어났습니다. 이 꽃은 봄이 지나도 지지 않을 겁니다.

《엄마, 우리 힘들 때 시 읽어요》를 지인이 다른 이에게 선물하면서 앞장에 이렇게 쓰는 것을 봤습니다.

"부모님은 기다려주지 않습니다."

내일은 오지 않을 것처럼, 지금 내가 할 수 있는 방법을 총동원해서 부모님에게 표현해야 합니다. 사랑한다고, 존경한다고, 감사하다고…. 그리고 한 번이라도 더 안아드리기를… 더 늦기 전에….

고단한
어느 날

드라마가 끝나고 회식이 있었습니다. 술을 한잔 하고 대리 운전을 불러서 집에 가는데 대리 기사가 말했습니다. 그의 아들이 중학생인데 대리 운전을 한 다음 날 아침이면 식탁에서 아들이 꼭 물어본다는 것입니다.

"아빠, 어젯밤에 어떤 사람 차를 운전했어요?"

그러면 이런저런 사람의 차를 운전했다고 아들에게 얘기를 해준다고 했습니다.

대리 운전을 하는 아버지가 자신에 일에 대해서 아침에 그의 아들과 다정하게 이야기를 나누는 상상을 하니 입가에 미소가 번졌습니다. 그리고 나에 대해서는 또 어떻게 이야기할까 궁금해졌습니다.

집에 도착한 뒤, 대리 운전비가 2만 2천 원이었는데 3만 원을 드렸습니다. 그랬더니 "너무 많이 주셨어요. 2만 2천 원입니다." 라고 하는 것이었습니다. "잔돈 없으니까 가지세요." 했더니 "아닙니다." 하며 만 원을 다시 돌려주었습니다.

억지로 만 원을 그에게 쥐여주고는 집으로 도망치듯 들어오는데 그냥 이유 없이 눈물이 났습니다. 그리고 탄식처럼 감탄사가 흘러나왔습니다.

고단한 어느 날, 팍팍한 인생길에서 우연히 만난 선량하고 성실한 사람은 그 자체로 큰 감동과 위안을 줍니다.

아침이면 그 대리 기사는 아들과 또 어떤 이야기를 나누고 있을까요?

훨훨 가벼운
차림으로

어머니는 살아 계실 때 늘 딸들에게 말했습니다.

"저기 내 수의가 들어 있어. 내가 죽으면 입혀다오."

당시에는 왜 그런 말을 하느냐고 역정을 냈는데, 어머니 돌아가신 후 그 수의를 꺼내게 되었습니다.

곱게 만들어진 당신의 수의에 2남 4녀 자식들과 며느리, 사위, 손자, 손녀들 상복까지 다 마련해서 넣어두셨습니다.

마지막 떠나는 길, 자식들이 마련해준 옷을 입고 가면 어때서…. 마지막까지 어머니는 자식들에게 부담을 주지 않으려고 하셨습니다. 평소에 나눠주기를 좋아하는 어머니답게 어머니의 유품은 단출했습니다.

언제나 돌아가실 날을 준비하고 남김없이 나눠줘서 어머니는 훌훌 가벼운 차림으로 떠나셨습니다.

나도 그럴 수 있었으면 좋겠습니다. 하나 더 가지려고 애쓰는
게 아니라 나누고 버리고 싶습니다. 그래서 훨훨 가벼운 차림으
로 마지막 여행지를 향해 떠날 수 있으면 좋겠습니다.

고생했다,
내 아들

드라마 제작사 김 대표는 군대 시절 휴가를 받아도 나오지 못했습니다. 차비가 없었기 때문입니다. 어머니도 형편이 어려워 남들처럼 면회를 오지 못했습니다.

제대할 때도 군에서 모은 월급으로 차표를 사서 집으로 갔습니다. 그런데 예전에 살던 집으로 가니 어머니가 없었습니다. 형편이 더 어려워져 시골로 이사를 갔기 때문입니다.

한밤중에 남산에 올라 불 켜진 집들을 보며 저 많은 집들 중에 어떻게 내 집이 하나 없나 생각하니 눈물이 났습니다. 서럽기도 하였습니다. 강화도 오막살이에서 홀로 지내고 계신 어머니를 찾아가 말했습니다. 내가 꼭 집을 마련해서 어머니를 모시겠다고….

그 약속을 지키기 위해 안 해본 일이 없습니다. 그러다가 처음으로 작은 아파트 한 채를 마련하게 되었습니다. 9층이었는데, 그는 어머니를 기쁘게 해드리고 싶은 마음에 어머니를 업고 계단으로 한 층 한 층 올라갔습니다. 뿌듯하고도 기쁜 마음에 힘든 줄도 몰랐습니다.

그런데 한참 계단을 오르고 있는데, 갑자기 등이 따뜻해져 왔습니다. 어머니가 울고 계셨던 것입니다. 9층까지 오르는 동안 점점 더 따뜻해져가던 등의 감촉….

'고생했다, 내 아들. 장하다, 내 아들.'

어머니가 흘리신 눈물에 이런 뜻이 담겨 있지 않았을까요. 어머니가 돌아가신 지금도 김 대표는 그날의 그 따뜻하던 등의 온도를 잊지 않고 살아갑니다.

아버지
같아서

70대의 제 지인이 행사에 참석하기 위해서 여의도로 갔을 때의 이야기입니다. 여의도 국회의사당 역에서 내려 행사가 있는 곳으로 걸음을 옮기려다 보도블록에 걸려 그만 넘어지고 말았습니다. 그 충격으로 순간 정신을 잃었습니다.

"어르신! 괜찮으세요? 괜찮으세요?"

어렴풋이 들리는 소리에 눈을 떴습니다.

30대로 보이는 젊은 청년의 걱정스러운 얼굴이 눈앞에 있었습니다. 자신의 이마에는 피가 흐르고 있었습니다.

"정신이 드세요? 응급조치를 해야 할 것 같은데 잠시 저에게 기대세요."

젊은이는 지인을 부축하고 근처 편의점으로 가서 그 앞 간이의자에 앉히고는 편의점으로 들어갔습니다.

휴일이라 약국이 다 문을 닫은 탓에 젊은이는 편의점에서 파는 소독약과 거즈, 밴드 등을 사들고 나왔습니다. 그리고 찢어진 자리를 정성껏 소독하고 밴드를 붙였습니다. 모르는 노인에게 이렇게 마음을 쓰는 젊은 사람이 있다니….

"병원에 가셔야겠는데요."

젊은이가 걱정하며 말했습니다. 지인은 중요한 행사에 참석해야 하니 그 행사가 끝나면 가겠다고 했습니다. 젊은이는 일하러 가야 해서 끝까지 보살피지 못하는 것을 안타까워했습니다. 알고 보니 젊은이는 근처 방송사의 라디오 피디인데 휴일이었지만 생방송이 있어서 가는 길이었다고 합니다.

그날 지인은 행사를 무사히 마치고 병원에 입원할 수 있었습니다. 정신을 잃은 채로 길가에 쓰러졌으니 그 젊은이가 아니었으면 어떻게 됐을지 모를 일이었습니다.

지인은 예전에 함께 일했던 방송사 후배인 라디오 센터장에게 그날의 이야기를 들려줬습니다. 흐뭇한 마음으로 센터장이 그 피디를 불렀습니다. 그런데 어버이날이라 부모님 뵈러 고향 가느라 휴가를 냈다고 했습니다. 요즘 어버이날이라고 휴가를 내서 부모님 뵈러 가는 젊은 사람도 있나 생각하다가, 길가에서 만난 노인을 마치 아버지를 대하듯 마음을 다해 보살펴준 사람이니, 그럴 만도 하다고 생각했습니다.

딸의
도시락

　이혼한 후 경식은 환경미화원 일을 시작하게 됐습니다. 부품 제조업을 하다가 사업을 실패한 후 여러 가지 직업을 전전했지만 모두 뜻대로 되지 않았고, 그래서 택한 직업이 환경미화원이었습니다.

　은행잎이 마구 흩날리던 어느 가을날, 친구들과 까르르 웃으며 지나가던 여고생 딸에게 경식은 환경미화원으로 일하고 있는 것을 들키고 말았습니다.

　이혼한 후 아내와 함께 사는 딸은 아버지를 외면했고, 아버지는 딸이 친구들에게 창피할까 봐 모른 척했습니다.

　버스를 타고 집에 돌아오는데, 옷에서 냄새가 난다고 여학생들이 경식의 주변 자리를 피했습니다. 계속 딸 생각이 났지만 전화를 걸어볼 엄두가 나지 않았습니다.

다음 날 점심시간이었습니다. 경식은 한 푼이라도 아끼기 위해 주로 도시락을 싸서 다녔습니다. 먼지 묻은 복장으로 식당에 가는 것보다 딴에는 도시락이 더 편했습니다.

찬바람이 부는 공원 벤치에 차갑게 식은 도시락을 풀어놓을 때였습니다. 그 앞에 툭 도시락이 하나 놓였습니다. 보온도시락이었습니다. 고개를 들어 보니 딸이 그 앞에 서 있었습니다.

"아빠, 추운 날 도시락이 그게 뭐야?"

딸은 보온도시락을 열어 김이 모락모락 나는 따뜻한 국과 밥을 꺼내놓았습니다.

경식은 딸에게 물었습니다.

"넌 아버지가 창피하지 않아?"

"뭐가 창피해? 열심히 일하는 아빠가 자랑스럽지. 어제는 미안해. 갑자기 당황해서 그랬어."

경식은 딸이 싸온 도시락을 먹었습니다. 참 따뜻했습니다.

"이거 네 솜씨 아니지?"

"어떻게 알았어? 이제부터 도시락은 엄마가 준비해준대. 그리고 엄마가 고맙대. 열심히 일해줘서…."

그 후, 경식은 아내와 재결합을 했습니다. 아내는 열심히 일하는 남편을 다시 사랑하게 됐고, 딸은 빚을 갚기 위해 땀을 흘리는 아버지를 존경하게 됐습니다.

낙엽이 흩어지는 가을날이면 낙엽 쓰는 일이 고역입니다. 그러나 가족을 생각하면 노랗게 쏟아져 내리는 은행잎들이 경식에게는 축복처럼 여겨집니다.

"내게 일할 거리를 줘서 고맙다, 낙엽아!"

꼭 만나고
싶은 사람

마지막 숨을 거두기 직전, 노인이 말했습니다.

"죽기 전에 꼭 보고 싶은 사람이 있다."

그가 보고 싶은 사람은 가족도 아니고 연인도 아니었습니다.

"내가 입원했을 때 간호해준 그 간병인이 보고 싶다."

가족들은 노인의 마음을 이해할 수 없었지만 노인은 말했습니다.

"내가 아플 때 진심으로 걱정해주고 간호해준 사람은 그 사람뿐이니, 그 사람을 만나 고맙다는 말을 하게 해다오."

간병인을 찾아 백방으로 수소문했지만 찾을 수가 없었습니다. 노인은 그 간병인에게 전 재산을 주겠다고 유언을 남겼습니다. 노인이 세상을 떠난 뒤 수소문 끝에 간병인을 겨우 찾았습니다. 간병인은 의아해했습니다.

"외로워하시는 것 같아서 그저 말동무를 해드린 것뿐인데…."

더 잘해드리지 못해 미안하다고 하며 간병인은 유산을 받을 자격이 없다고 했습니다. 그리고 노인이 남긴 유산은 다른 노인들을 위해 써달라고 했습니다.

가장 고마운 은인은, 잘나갈 때 옆에 있는 사람이 아니라, 건강하고 젊을 때 곁에 있는 사람이 아니라, 받을 게 있어서 옆을 지키는 사람이 아니라, 아플 때 곁에 있어주는 사람, 외로울 때 곁을 지켜주는 사람, 늙고 병들었을 때 말을 귀담아듣고 고개를 끄덕여주는 사람입니다.

좋은 이웃

아파트 편지함을 지나다 보면 전단지가 어지럽게 떨어져 있는 것을 보게 됩니다. 서아 씨는 집에 온 우편물을 챙겨갈 때마다 흩어진 전단지들을 주워서 말끔히 정리합니다.

음식물 쓰레기 버리는 곳 옆에 수도가 있는데, 그곳에도 손 닦으라고 비누와 수건을 가져다놓았습니다. 비누가 떨어지면 다시 가져다놓고 수건이 지저분해지면 다시 바꿔놓습니다.

누가 하라고 강요한 일도 아닌데 서아 씨는 늘 그렇게 합니다. 내 이웃의 행복에 아주 조금이라도 보탬이 되고 싶기 때문입니다.

우리 집 가훈이 '선린善隣: 착한 이웃'이었는데, 서아 씨가 바로 그 착한 이웃입니다. 다른 사람 의식하지 않고 내가 쓰레기 치우고, 내가 먼저 청소하고, 내가 먼저 험한 일에 앞장서는 사람들, 남보다 내가 좀 더 몸을 움직이고 남보다 내가 좀 더 애쓰려는 사람들… 그들이 참 좋은 이웃입니다.

좋은 이웃이 되기 위해 나는 무엇을 할까 생각합니다. 우선 엘리베이터에 오를 때마다 밝게 인사부터 건넵니다. 그리고 누군가 엘리베이터를 타기 위해 달려오면 "서두르지 마세요. 기다릴게요." 하며 잠깐 기다려줍니다.

이웃에게 밝은 미소를 건네는 일부터 수돗가에 비누를 가져다 놓는 일까지… 찾아보면 좋은 이웃이 되는 방법은 참 많습니다.

지금 이 순간을
나답게, 나로서

내 인생의 해피엔딩은 뭘까. 사랑하는 사람들이 한 사람 두 사람 세상을 떠나면서 삶의 종착역에 어떻게 다다를까, 어떻게 하면 진정한 해피엔딩을 맞을 수 있을까 생각해봅니다. 생로병사의 엄격한 룰은 신이 아닌 한 벗어날 수 없습니다. 언젠가는 나도 병이 들고 죽음을 맞게 되겠지요.

91세의 노마 할머니 이야기를 듣고 많은 생각을 하게 됐습니다. 노마 할머니는 90세에 자궁암 말기 판정을 받았습니다. 한 달 전에 아들을 떠나보내고 2주 전에는 남편마저 떠났는데 암 판정을 받은 것입니다. 의사가 방사선 치료와 항암치료에 대해서 이야기할 때 할머니가 말했습니다.

"나는 여행을 떠나겠습니다."

그리고 할머니는 아들과 며느리, 반려견과 함께 자동차 횡단 여행을 떠났습니다. 병실에서 치료를 받는 대신 바닷가를 거닐고, 숲을 지나고, 맛있는 것을 먹고, 사람들을 만났습니다.

여행한 지 13개월째 되던 날, 북서해안 산후안 제도에서 노마 할머니는 생을 마감했습니다. 그녀는 여행하면서 '이 순간'이 너무도 소중하다는 것을 느꼈다고 했습니다. 남아 있는 순간순간, 병과 싸우지 않고 남은 시간을 누린 것입니다.

또 베티 할머니라는 분도 있습니다. 베티 할머니는 폐암 말기 판정을 받고 나서도 우울해하지 않았습니다. 귀여운 토끼 머리띠를 하고 파란 알사탕을 물고 있는 베티 할머니⋯ 그녀는 자신의 사진을 찍어서 SNS에 올리며 즐겁고 기쁘게 마지막 생을 누렸습니다.

시간 중에서 내 맘대로 할 수 있는 시간은 지금 이 순간뿐입니다! 과거도 내가 어떻게 해볼 수가 없고, 미래는 더더욱 내가 알 수도 없고 내가 미리 손써볼 수도 없습니다. 내가 맘대로 할 수 있는 '지금'이라는 이 순간⋯ 무엇을 하고 있는지가 중요합니다.

지금 하고 있는 일에 온 힘을 집중하고 지금 곁에 있는 사람에게 온 마음을 다하고… 그렇게 마지막 순간까지 지금 이 순간을 나답게, 나로서 누리다가 가는 것… 죽음을 두려워하기보다는 죽음의 순간을 기쁘게 받아들이는 것… 완벽한 해피엔딩이란 이런 게 아닐까요.

소크라테스는 죽음을 슬픔이라고 하지 않았습니다. 죽음을 인간이 받을 수 있는 최고의 축복이라고 했습니다.

이제 차근차근 마지막 계단을 향해 걸어갑니다. 그 마지막 순간을 마주할 때 나는 울고 싶지 않습니다. 아주 행복한 곳에서 아이처럼 소리 내서 깔깔 웃고 싶습니다.

그러니 이 순간, 과거에 잡혀 있지도 말고, 미래에 대해 너무 걱정하지도 말며 1초, 1초, 순간순간을 누리고 그 기쁨을 최대한 의식하고 싶습니다.

하루밖에
살 수 없다면

시인 울리히 샤퍼는 〈하루밖에 살 수 없다면〉이라는 시에서 '하루는 한 생애의 축소판'이라고 했습니다. 아침에 눈을 뜨면 하나의 생이 시작하고 피곤한 몸을 뉘어 잠자리에 들면 하나의 생이 끝난다는 것입니다.

내가 만일 하루살이처럼 하루만 살 수 있다면? 그렇다면 오늘 '하루'는 나의 '일생'입니다. 하루살이처럼 오늘을 살자고 인생 모토를 정해봅니다.

하루밖에 살 수 없다면 부드럽게 미소 짓겠지요.
하루밖에 살 수 없다면 친절하게 웃겠지요.
하루밖에 살 수 없다면 미움보다 사랑을 품겠지요.

하루밖에 살 수 없다면 나를 위한 즐거운 일을 생각하겠지요.

하루살이처럼 하루밖에 살 수 없다면 오늘 만나는 모든 사람을 소중하게, 오늘 먹을 음식을 고맙게, 오늘만 살 것처럼 그렇게 사랑하고 용서하고 싶습니다.

당신도 생각해보세요.
하루밖에 살 수 없다면 당신의 하루는 어떻게 채워질까요?

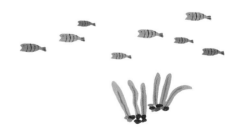

안 된 것이 아니라
되어가는 중

라디오 프로그램에 가수 김태욱 씨가 출연했는데 그가 이런 고백을 했습니다.

"1999년에 병원에서 '당신은 앞으로 말을 못 하게 됩니다.'라고 진단을 받았습니다. 성대에 신경마비가 왔다고 판정받은 것입니다."

2002년까지 그는 목소리가 안 나와서 글로 써서 대화를 나눠야 했습니다. 가수 생활은 당연히 접어야 했습니다.

그 후, 다른 일을 시작해서 살아갔습니다. 다른 사람들은 성공한 사업가라고 했지만 단 한 번도 잘되고 있다고 느낄 때가 없었습니다. 그저 어느 것이든 자신에게 주어진 노를 힘껏 저어 갈 뿐이었습니다. 그러다 보면, 신기하게도 나중에는 잘 나아가고는 있었습니다.

시간이 흘러 다시 목소리가 나오기 시작했습니다. 그리고 그는 이제 노래를 다시 시작했습니다. 김태욱 씨는 이렇게 말했습니다.

　"정신의 맷집이 강한 사람에게도 시련은 옵니다. 대화나 소주 한 잔으로 극복하지 못할 때도 옵니다. 그런데 나중에 보니 그 순간에는 안 되는 것들이 나중에 보면 꼭 안 되는 것은 아니었습니다. 안 되는 것은 그냥 안 되고 만 것이 아니라 되어가고 있었던 것입니다. 지금 좀 안 된다고 쉽게 접을 일이 아닙니다. 안 되는 것이 아니라 지금 되어가고 있는 중이니까요."

당신이
주인공입니다

　졸업식 날, 모든 행사가 끝난 교실은 꽃다발에서 떨어진 꽃잎들로 난장판이 됩니다. 학생들은 책상 위에까지 올라가서 사진을 찍고 학교에서의 마지막 순간을 만끽합니다.

　소란스럽던 졸업식 행사가 끝나면 학생들과 학부모들은 썰물처럼 교실을 빠져나갑니다. 그때 교실에 혼자 남겨지는 사람이 있습니다. 학생들을 가르친 교사입니다.

　졸업식의 주인공은 졸업생이 맞습니다. 축하 꽃다발의 주인도 졸업생이 맞습니다. 그러나 감사 꽃다발의 주인은 그들을 가르친 교사가 아닐까요?

　아이들을 교육시키는 일은 생각보다 정말 힘이 드는 일입니다. 알게 모르게 신경 쓸 일이 많고 이 학생 저 학생 이런저런 이유로 속이 썩어 들어갑니다. 그런데 졸업식 날 선생님한테 꽃다발을 주는 사람은 극히 드뭅니다.

졸업식이 끝난 후, 텅 빈 교실에 혼자 남은 교사는 이제 행사가 끝난 교실을 청소합니다. 그동안 가르쳐온 학생들이 우르르 빠져나간 교실… 교사는 조금은 허무하고 쓸쓸한 마음으로 어질러진 교실을 말없이 정리합니다.

내 친구 인숙은 30년 동안 교사 생활을 해왔습니다. 인숙의 둘째 아이 고등학교 졸업식 날, 인숙은 아들의 졸업식에 참석했습니다.

졸업식이 끝나고 난 후, 교실에서 사진 찍고 축하 인사를 나누던 학생들과 학부모들이 한꺼번에 교실을 빠져나갔습니다. 인숙은 모두가 빠져나간 교실에 선생님이 홀로 남겨져 있는 것을 보았습니다.

인숙이 선생님에게 다가가서 "선생님, 제가 청소할게요."라고 말했습니다. 선생님이 손을 내저으며 "아니에요, 어머니. 제가 할게요."라고 했지만 인숙은 말했습니다.

"선생님, 그냥 앉아 계세요. 제가 할게요. 그동안 졸업식 때마다 어떤 마음으로 빗자루를 들고 청소하셨을지… 그 심정 제가 알아요. 오늘 하루 학부모 대표로 제가 교실 청소할게요."

그 말에 선생님의 눈가가 젖어들었습니다.

"어머니, 감사합니다. 교실에 혼자 남아 있지 않게 해주셔서 정말 감사합니다."

청소를 해주는 것보다 같이 있어주어 고맙다는 말에 인숙은 뭉클했습니다. 졸업식의 주인공은 졸업생이지만, 학생들이 가고 난 교실에서 가장 허전하고 허탈하고 온갖 감정이 몰아치는 사람은 선생님입니다.

아이의 졸업장 속에는 선생님의 시간도 함께 스며 있습니다. 그 시간 속의 한숨과 걱정과 불안과 긴장…. 선생님의 그 시간을 헤아려 드리는 것, 그것이 선생님을 위한 최고의 선물이자 보상입니다.

주다가 주다가
지쳐서

나영은 친구에게서 결별 통지를 받았습니다. 친구는 계속 주기만 하다가 지쳐서 말했습니다. 더 이상 못 하겠다고… 지쳤다고…. 그제야 나영은 자신을 돌아봤습니다. 편하다고, 친하다고, 익숙하다고 친구에게 늘 부탁하고 늘 졸랐구나 싶었습니다. 익숙한 것에 속아 소중한 것을 잃어버린 것이지요.

나영은 귀한 친구를 잃어버린 후에야 잘못을 깨달았습니다. 있을 때 잘하라는 말이 얼마나 진리인가를… 떠나기 전에 잘해야 한다는 사실을….

비 오는 날, 우산을 들고 나왔습니다. 우산이 머리 위에 든든하게 버티고 있어 젖지 않고 다닐 수 있었습니다. 비가 그치고 햇살이 나왔습니다. 따사로운 햇살이 비추니 우산이 거추장스

러웠습니다. 짐스럽게 들고 다니다 그만 그 우산을 잃어버리고 말았습니다.

그 후, 다시 비가 내렸습니다. 그런데 우산이 없었습니다. 잃어버린 것입니다. 우산이 없으니 내리는 비를 다 맞아야 했습니다.

인생에도 비 오는 날, '레이니 데이rainy day'는 있습니다. 그럴 때 나를 지켜주는 우산 같은 사람이 있습니다. 비가 오면 잘 들고 다니던 우산을 비가 개면 잃어버릴 때가 많지요. 마찬가지로 내리쬐는 태양에 취해서 비 오는 날 나를 젖지 않게 막아줄 소중한 사람을 잃어버릴 때가 있습니다.

인생의 '레이니 데이', 비 오는 기간을 위한 가장 중요한 대비 항목, 그건 바로 내게 우산이 되어줄 사람이 아닐까요.

따뜻한
이불

제자 가은의 어머니는 20대에 결혼을 했는데, 그 당시에는 돈이 없어서 이불 하나 마련하지 못했습니다.

집주인이 가난한 신혼부부를 보고는 안타까운 마음에 이불을 사서 주었습니다.

"우리 집 이불 사면서 하나 더 샀어요. 추운데 따뜻하게 덮고 자요."

집주인 아주머니는 세를 들어 사는 젊은 부부를 그렇게 자식처럼 아껴주었습니다. 그때의 그 따뜻한 이불을 잊지 않고 살던 가은의 어머니는 딸이 대학을 졸업하고 취업하자 딸을 데리고 그 집을 다시 찾아갔습니다. 그리고 이제는 할머니가 된 집주인 아주머니에게 말했습니다.

"그때 주신 이불 덮고 아이를 낳았는데, 그 딸이 이렇게 자라

취직을 했습니다."

가은은 엄마, 아빠의 가난한 신혼생활 때 자식처럼 살펴준 할머니에게 큰절을 드렸습니다. 그리고 다짐했습니다. 월급이 나오면 작은 선물이라도 들고 다시 찾아뵙겠다고.

미운 마음은 내 마음에서 끊어내야 하지만, 고마운 마음은 그렇게 대를 이어 전해지면 좋겠지요.

이력서에
적을 수 없는 것들

영화 〈타이타닉〉, 〈아바타〉, 〈터미네이터〉 등을 연출한 제임스 캐머런 감독은 학창 시절 왕따를 당했고, 대학교를 중퇴한 후 트럭 운전사 등 이런저런 일을 하며 지냈습니다. 서른 살이 넘을 때까지 사람들은 그를 가리켜 '찌질이 인생'이라고 불렀습니다.

그의 이력서에는 적어넬 게 별로 없었습니다. 그러나 그에게는 이력서에 적을 수 없는 상상력과 예술적인 감각이 있었지요.

그는 살기 위해 거친 노동을 하면서 틈틈이 시나리오를 썼는데, 단돈 1달러에 그 시나리오를 팔기도 했습니다. 그때 그는 단하나의 조건을 걸었지요.

"이 작품 연출은 내가 하게 해주세요."

그렇게 저예산 영화 〈터미네이터〉가 만들어졌고, 그는 할리

우드를 대표하는 최고의 감독이 되었습니다. 그는 오스카상 수상 무대에 올라 이렇게 외쳤습니다.

"내가 세상의 왕이다!"

이력서에는 주로 이런 내용들이 들어갑니다. 생년월일과 출생지, 그리고 학력과 경력… 그러나 정말 중요한 것은 어쩌면 이력서에 들어가는 내용이 아닌지도 모르죠. 상상력, 끈기, 예술적인 감각, 독창적인 시각…. 이런 내용들은 이력서에는 적을 수 없는 것들입니다.

그러니 그 사람 이력서의 뒷면을 눈여겨봐야 합니다.

사랑받는
사람

방송일을 하다 보니 제작진들과도 많은 이야기를 나누게 됩니다. 어느 스타일리스트가 해준 말입니다.

제작진들이 우르르 방송국 대기실에 들어가서 기다리고 있었는데, 유재석 씨와 김제동 씨가 함께 대기실에 들어왔습니다. 제작진들이 "저희 곧 나갈게요." 하며 자리를 정리하고 나가려고 했더니, 유재석 씨와 김제동 씨가 "아, 그냥 계세요." 하고는 바로 나가더랍니다.

잠시 후에 그 스타일리스트가 화장실에 가려고 나가면서 보니까 유재석 씨와 김제동 씨가 계단에 앉아서 김밥을 먹고 있었습니다. 그런데 그 모습이 너무나 소탈하고 편안해 보였습니다. 스타일리스트는 두 사람의 인간미를 다시 봤다고 했습니다.

'아, 사람이 이렇게 다르구나.'

편안한 대기실을 양보하고 계단에 쭈그려 앉아서도 소탈하게 웃을 수 있는 사람들이니 늘 가까이에 사람들이 있는 것입니다.

대기실에 제작진들이 우르르 몰려 있으면 "나가 주실래요?" 하는 연예인들도 많습니다. 대기실의 주인인 그들이 대기실에서 밥을 먹거나 차를 마시며 방송 순서를 기다리는 것은 당연한 일입니다. 물론 오만하게 굴지 않고 정중하게 말해주긴 하지만, 대기실 주인 따지는 게 기본입니다.

그래서일까요. 그 스타일리스트는 몇 번이나 강조하며 말했습니다. 그냥 유재석, 김제동이 아니라고….

나보다 상대의 입장을 존중하고, 나보다 상대가 편하도록 배려하고, 나보다 상대를 더 귀하게 여기는 사람…. 어떻게 그런 사람들이 사랑받지 않을 수가 있을까요.

하도 웃어서
그런 겨

2017년 현충일 추념식에서 〈모란이 피기까지〉라는 곡을 열창하여 많은 이들의 가슴을 뭉클하게 만든 소리꾼 장사익 씨. 그의 노래를 듣다 보면 가슴 한쪽이 먹먹해지기도 하고, 이런저런 덧없고 못난 생각들로 애달파했던 일들이 떠오르기도 합니다. 나이를 먹을수록 참 좋아지는 목소리입니다.

신문을 보다가 장사익 씨 인터뷰 기사를 보았습니다.

"내 주름은 인상 써서 생긴 게 아니고 웃어서 생긴 거예요. 손녀딸이 '할아버지는 얼굴에 줄이 왜 이렇게 많아?' 하는데, '하도 웃어서 그런 겨.' 해요."

그는 언제나 '참 좋다! 참 좋다!' 습관적으로 말합니다.

그에게 기자가 물었습니다.

"항상 참 좋다, 참 좋다 말씀하시네요."

그러자 그가 대답했습니다.

"오늘 하늘 좀 봐요. 1년에 이런 날이 몇이나 되겠어. 그니께 참 좋지. 꽃 하나만 봐도, 좋은 사람을 봐도 참 좋지요. 그러니까 즐거운 거예요."

장사익 씨의 이 '참 좋다'는 널리 전염이 되어도 좋을 텐데요.

밥 먹어라

장사익 씨 이야기를 하나 더 하려고 합니다. 장사익 씨는 어머니를 생각하면 '밥 먹어라. 밥 먹어라.'는 말만 생각난다고 합니다. 어머니는 아들을 볼 때마다 밥을 먹으라고 했습니다.

아들을 서울로 유학 보내고 어머니가 용돈을 같이 부치면서 딱 한 번 편지를 써서 보냈는데, 편지 내용은 짤막했습니다.

"볍모가지가 나풀나풀한데 건강 조심허구 맛난 거 사먹어라."

우리 어머니도 자식들에게 가장 많이 하시는 말씀이 "밥 먹어라."였지요. 입맛이 없다고 하면 "한술 뜨면 다 먹게 돼. 먹어봐." 하시며 애타게 자식 입에 밥이 들어가는 것을 보려고 하시던 어머니….

장사익 씨 인터뷰 기사를 읽다가 어머니 생각이 났습니다. 장사익 씨의 노래 〈꽃구경〉을 듣다가 어머니 생각이 더 나서 앞섶이 다 젖도록 울었습니다.

　　어머니 꽃구경 가요
　　제 등에 업히어 꽃구경 가요
　　세상이 온통 꽃 핀 봄날 어머니는
　　좋아라고 아들 등에 업혔네

　　마을을 지나고 산길을 지나고
　　산자락에 휘감겨 숲길이 짙어지자
　　아이구머니나! 어머니는 그만 말을 잃더니
　　꽃구경 봄 구경 눈감아 버리더니
　　한 움큼씩 한 움큼씩 솔잎을 따서
　　가는 길 뒤에다 뿌리며 가네
　　어머니 지금 뭐 하나요 솔잎은 뿌려서 뭐 하나요

　　아들아 아들아 내 아들아
　　너 혼자 내려갈 일 걱정이구나
　　길 잃고 헤맬까 걱정이구나

네가 나보다
낫다

수연의 아들은 고등학생입니다. 남편이 퇴근해서 돌아온 뒤, 잠시 후 그 뒤를 따라 야간 자율학습을 마치고 돌아온 아들이 낯선 할머니와 함께 현관으로 들어섰습니다.

문을 연 수연과 남편은 낯선 할머니를 보고 깜짝 놀랐는데, 아들이 할머니가 도움이 필요하신 거 같다고 말했습니다.

"할머니, 뭐가 필요하세요?"

수연이 묻자 할머니는 들릴 듯 말 듯 작은 소리로 목이 마르니 물 한 잔만 달라고 했습니다. 할머니가 물을 얻어 마시고 돌아간 뒤, 남편은 아들을 꼭 안아주었습니다.

"우리 아들 참 착하구나. 네가 나보다 낫다."

사실 남편도 아파트 앞에서 할머니를 만났다고 했습니다. 그런데 할머니 목소리가 너무 작고, 밤이고, 피곤하고 그래서 그냥 제대로 안 듣고 지나쳐 들어왔다는 것입니다.

상황은 똑같았지만 남편은 할머니를 지나쳤고, 아들은 할머니에게 도움을 드리려고 손을 내민 것입니다.

한동안 고등학교 올라가서 힘들다고 짜증 부리고, 예민하게 굴고, 자기 물건도 제대로 못 챙기고 해서 칠칠맞지 못하다고 잔소리를 많이 했는데… 아들이 너무 순진해서 어디 가서 이용이나 당하지 않을까 걱정하고 그랬는데… 그런 가운데서도 부모 마음을 늘 뿌듯하게 채워주는 건 바로 이런 아들의 선한 마음입니다.

웃음소리
덕에

탤런트 전원주 씨는 연기력도 훌륭하지만 호탕한 웃음소리 덕에 더 유명해졌지요. 그녀는 너무 힘들어 죽고 싶은 어느 날, 시장에 갔는데 시장 아줌마가 호탕하게 웃는 걸 보고 체증이 다 내려가는 느낌을 받았다고 합니다.

그래서 나도 저렇게 웃어야겠다고 생각했고, 그렇게 '하하하!' 소리 내서 웃어보았습니다. 그런데 그 웃음으로 일이 잘 풀리기 시작했습니다. 배우로서의 일도 일이지만 '하하하!' 소리 내서 웃으니까 사는 것도 재미있어졌습니다.

일본의 유명한 만담가인 우츠미 케이코는 아버지가 입버릇처럼 하는 말이 재미있었다고 회고합니다. 그 말은 "내가 웃으면 거울이 웃는다."였습니다.

사람을 만날 때 거울을 보는 것이라고 생각하고 먼저 웃음을 지어보는 건 어떨까요? 그러면 상대방도 마치 거울처럼 내 표정 그대로 내게 그 웃음을 반사해 보내올 것입니다.

　가끔 속없이 그냥 '하하하!' 소리 내서 웃어보는 것도 좋습니다. 슬플수록 소리 내서 웃어보고, 재미없어도 소리 내서 웃어보고, 화가 나도 일부러라도 웃어보고… 웃다 보면 정말 웃을 일이 생깁니다.

한 달에 한 번
어머니와 겸상해서

잘나가는 CEO인 제 지인은 일 때문에 너무 바빠서 홀로 고향집에 계시는 어머니를 자주 찾아뵙지 못했습니다.

어느 날 어머니로부터 전화가 걸려와서는 "언제 한번 안 오냐? 아들 얼굴 잊아묵겠다." 하셨습니다. 무슨 일 있느냐는 아들의 물음에 "아, 에미가 자식헌티 꼭 일이 있어야 전화를 헌다냐. 너 보고 싶어서 안 그냐." 하는 것이었습니다.

보고 싶다는 말 같은 걸 잘 하지 않는 분인데, 이상한 생각이 들어서 "그럼 이따 점심 먹고 갈게요."라고 대답했습니다.

그리고 점심 식사 이후의 일정을 모두 미루고 어머니한테 달려갔습니다. 그러나 어머니와 앉아서 얘기를 나누는 시간은 길지 못했습니다. 바쁜 회사 일로 전화가 계속 걸려오니 마음이 편하지 못했던 것입니다.

"어머니, 가봐야겠어요." 하고 고향집을 나서는데, 어머니가 다급하게 "된장찌개 끓이는디! 저녁 먹고 가." 하는 것입니다. 된장찌개 냄새가 고소했지만 아들은 "오늘은 갑자기 온 거고 다음에 시간 좀 넉넉히 잡고 올게요." 그렇게 말하고 서울로 돌아왔습니다.

그런데 며칠 후, 어머니가 그만 저세상으로 가셨습니다. 사실 어머니는 홀로 병과 싸우면서도 아들에게 말하지 못하고 그날 그 말을 하려던 것이었습니다.

"에미가 많이 아프다. 너와 식사라도 하면서 말하려고 한 것인디…."

어머니가 남긴 편지를 보고 아들은 몰려드는 후회와 자책으로 통곡했습니다. 생각해보니 고등학교 졸업하고 서울로 올라온 후, 어머니와 겸상해서 식사한 것은 열 손가락으로 꼽아도 될 정도로 드문 일이었습니다.

매일 혼자 식사하시느라 얼마나 외로우셨을까, 그 생각을 못한 채 자신은 앞만 보고 달렸습니다. 어머니가 돌아가신 후 지인은 아무리 바빠도 한 달에 한 번은 어머니 산소에 찾아갑니다. 그리고 준비해온 도시락을 펴고 어머니와 겸상해서 밥을 먹고 돌아옵니다.

돌아가신 후 그러면 뭐 하느냐, 살아 계실 때 좀 그러지, 자책으로 가슴을 치다가도 어머니 산소에 가서 "어머니, 잘 지내셨소? 식사합시다." 하고 밥 먹고 돌아오면 막힌 가슴이 어느 정도 뚫리는 기분입니다.

지인은 사람들을 만나면 항상 말합니다.
"부모님 살아 계실 때 자주 찾아뵈세요."

뛰지 말고
걸어

남자는 사기를 당해 전 재산을 잃었습니다. 가족들까지 그를 버렸고 빈털터리가 된 그는 식당들을 찾아다니며 끼니를 구걸하는 지경에 이르렀습니다. 찾아가는 음식점마다 그를 쫓아내기 바빴고 그의 증오와 분노는 극에 달해 있었습니다.

그러다가 어느 할머니가 하는 국숫집에 가서 국수 한 그릇을 주문하고 자리에 앉았습니다. 할머니가 내온 국수를 남자는 허겁지겁 먹었습니다. 그릇을 거의 비워갈 무렵이었습니다. 할머니가 다가와 그릇을 빼앗아가더니 묻지도 않고 국수와 국물을 한가득 다시 내왔습니다. 허기졌던지라 그 그릇도 눈 깜짝할 새에 비워졌습니다.

그렇게 두 그릇의 국수를 먹어치웠지만 돈이 없는 남자는 계산을 할 수가 없었습니다. 그래서 걸음아 날 살려라 도망쳤습니다. 그때 할머니가 문을 열고 쫓아나오면서 소리쳤습니다.

"뛰지 말고 그냥 걸어가. 다쳐!"

남자는 그 말을 듣고 할머니가 국수를 왜 한 그릇을 더 떠다 주었는지 알 것 같았습니다. 따뜻한 국수 한 그릇으로 그의 허기를 채워주고 가슴속에 맺힌 세상에 대한 증오도 풀어주고 싶었던 게 아닐까요.

남자는 그 후 살아갈 용기를 냈습니다. 힘들 때마다 자기의 등 뒤에 대고 외친 그 할머니의 목소리가 들리는 듯했습니다.

"뛰지 말고 그냥 걸어가. 다쳐!"

그 후 남자는 외국으로 가서 열심히 일했습니다. 문득문득 그 할머니가 생각나기도 했습니다. 한국으로 돌아가면 가장 먼저 할머니를 찾아가 고맙다는 인사를 드리고 그때 빚진 국수 값을 드리고 싶었습니다.

그러던 어느 날, 텔레비전을 보다가 깜짝 놀랐습니다. 그 할머니의 식당이 소개된 것입니다. 탁자가 달랑 네 개뿐인 작은 식당, 연탄불로 진하게 멸치 국물을 우려내 국수를 마는 식당, 10년이 넘게 국수 값을 2천 원에 묶어놓고서도 면은 무한 리필인 식당, 남자는 방송국 담당 피디에게 전화를 걸어 연신 감사하다는 인사를 전했습니다. 그리고 그 할머니와의 사연을 들려주면서 할머니의 선행이 사람들에게 알려졌습니다.

엄마 옷
사러 왔어요

우리 동네에는 예쁜 옷가게들이 몇 집 있습니다. 그중에서도 가끔 들르는 옷 가게가 있는데, 그 옷 가게 주인은 동네 산책 친구이기도 합니다. 그녀가 전해준 이야기입니다.

어느 날, 옷 가게로 다섯 살쯤 된 귀여운 남자아이가 들어서더니 저금통을 깼는지 각종 동전들과 꾸깃꾸깃한 천 원짜리 세 장을 계산대에 탁 올려놓으며 말했습니다.

"엄마 옷 사려고요. 이만큼 주세요."

돈을 세어보니까 모두 8,900원이었습니다. 이것저것 아이에게 물어보니 엄마 생일선물을 사러 온 것 같았습니다. 8,900원짜리 옷은 아무리 찾아봐도 없었지만 고사리 같은 손으로 돈을 올려놓고 순진한 눈으로 쳐다보는 그 아이 마음이 하도 기특해서 예쁜 티셔츠를 잘 포장해서 건넸습니다.

다음 날, 그 아이의 엄마가 아이를 데리고 다시 가게로 들어섰습니다.

"내가 아이 아빠한테 옷 없다고 투정 부리는 것을 아이가 봤나 봐요. 애 앞에서는 냉수도 못 마신다더니 이제는 말도 조심해야겠어요."

그리고 티셔츠가 비싼 것 같다며 원래 가격을 물었습니다. 더 보태서 제값을 지불하겠다는 것이었습니다.

"저는 이미 제값을 넘치게 받았는걸요. 아이가 돈 이상의 감동을 줬잖아요."

한사코 돈을 받지 않자 아이 엄마는 몇 번이고 감사하다고 인사하고 돌아갔습니다. 그 후, 그 엄마는 옷 가게 단골손님이 되었습니다. 그리고 친구들과 이웃들을 다 끌고 오는, 그 가게 홍보부장이 되었습니다.

나는 말은 잘 못하지만
거짓말은 안 합니다

캐나다를 10년 동안 이끌었던 총리 장 크레티앵은 가난한 집 열아홉 형제 중에서 열여덟 번째로 태어났습니다.

그런데 그에게는 치명적인 약점이 있었습니다. 선천적으로 한쪽 귀가 안 들렸던 것입니다. 게다가 안면근육 마비로 입이 약간 비뚤어져 발음도 이상했어요. 말더듬이라는 별명도 가지고 있었죠.

그러나 신체적인 약점은 그에게 장애가 되지 않았습니다. 그는 1993년 총리가 된 후에 세 번이나 총리에 임명되었습니다.

한번은 누군가가 그에게 이렇게 말하기도 했습니다.

"한 나라를 대표하는 총리에게 언어 장애가 있다는 것은 치명적인 결점입니다."

그러나 그는 이렇게 맞받았지요.

"나는 말은 잘 못하지만 거짓말은 안 합니다."

　진실을 말하는 것이 평범하지 않은 '위대한 용기'라는 것을 요즘 많이 느낍니다. 그래서 장 크레티앵의 이 말이 더 무게를 가지고 다가오나 봅니다.

4장

바람과 같은 마음으로

있어야 할 곳에
존재한다

우리의 몸을 이루는 기관들은 참 신비합니다. 우리 몸을 둘러싼 피부와 솜털까지 제각각 기능이 있고 놀라운 능력을 가지고 있습니다.

사소한 것이 하나도 없습니다. 손톱이 있는 자리에는 손톱이 거기 있어야 하는 이유가, 눈썹이 있는 자리에는 눈썹이 거기 있어야 하는 이유가 있습니다.

손톱이 있어야 할 자리에 없고, 눈썹이 있어야 할 자리에 없다면 어떻게 될까요? 일상의 균형이 깨지고 큰 불편함이 있을 것입니다. 눈썹도, 손톱도 사소한 것 같지만 절대 사소하지 않는 우리 몸의 일부들입니다.

어디 우리 몸만 그럴까요. 우리 마음의 흔적 또한 불필요한 것은 하나도 없는지도 모릅니다.

절망과 슬픔, 아픔, 외로움을 겪고 있다면 우리는 지금 마음의 우물을 더 깊이 파고 있는 중입니다. 마음의 광장을 더 넓게 확장하고 있는 중입니다.

꼭 있어야 할 곳에, 나를 위해 몸의 각 기관이 존재하는 것처럼, 지금 내가 느끼는 이 감정도 꼭 있어야 하기 때문에, 나를 위해 존재합니다.

그토록
사랑했으면서

후배의 푸념을 들었습니다. 결혼한 지 30년이 지난 부모님이 매일 투덕투덕 다툰다고.

다툴 일이 아직도 남았을까 싶지만 얼굴만 마주치면 다투는 부모님…. 아들은 두 분이 그렇게 다툴 거면 차라리 이혼하라고 했다가 등짝을 세게 얻어맞기도 했습니다. 부모한테 할 소리냐는 것입니다. 아들 입장에서는 도저히 이해가 안 되는 부모님입니다.

그런데 이사를 하던 날, 아들은 방에서 먼지가 뽀얗게 쌓인 상자 하나를 발견했습니다.

먼지를 입으로 불어내고 상자를 열어보니 그 안에 오래전 부모님이 연애하던 시절에 주고받은 러브레터들이 들어 있는 게 아니겠습니까.

당신이 보고 싶어 하얗게 밤을 지새웠다, 당신처럼 아름다운 사람은 이 세상에 없을 거다…. 닭살 돋는 애정 고백이 가득한 편지들을 읽어보다가 아들은 키득키득 소리 내어 웃었습니다.

이삿짐을 옮기다가 부모님은 또 투덕투덕 다투고 있는데 아들이 다가가 그 연애편지들을 보여주며 말했습니다.

"아, 그토록 사랑했으면서 왜 싸워요!"

그 사람을
위하여

회사의 계약직 직원은 여러 가지로 상사들 눈치를 더 많이 봐야 합니다. 특히 다 같이 참여하는 단체 회식 자리에 빠지는 것은 있을 수 없는 일입니다.

다 같이 회식 장소에 갔고, 즐겁게 식사를 하는데 정직원으로 오래 회사에 근무한 은영이 보니까 계약직 직원인 서진이 안절부절못하며 얼굴색이 어두웠습니다.

잠시 후에 화장실을 다녀오는데 서진이 어머니와 통화를 하고 있었습니다. 들어보니 어머니가 편찮으셔서 빨리 집에 가봐야 하는데, 회식 자리에서 빠질 수 없어서 난감해하는 것 같았습니다.

은영은 서진을 빨리 보내줘야겠다는 생각이 들어서 상사한테 말했습니다.

"전무님, 제가 집에 일이 있어서 오늘은 좀 일찍 가봐야 될 거 같아요."

전무가 어서 가보라며 허락하자, 은영이 서진을 보며 눈을 찡 긋하고는 말했습니다.

"서진 씨, 나 좀 바래다줄래요? 내가 술을 좀 마셔서 그러는 데, 서진 씨가 운전 좀 해줘요."

서진은 은영의 그 따뜻한 배려에 마음이 뭉클했습니다. 은영 은 언제나 계약직 직원의 서러운 입장을 이해해주는 직장 선배 였습니다.

회식 자리를 빠져나와 집으로 향하는 길에 서진이 은영에게 말했습니다.

"저도 누군가에게 좋은 선배가 되어주고 싶어요."

잠시 고독할
틈을 준다면

릴케는 이렇게 말했습니다.

바람직한 사랑이란,

서로가 고독을 허용하는 것을 의미합니다.

두 사람은 서로 고독을 허용해야만 성장할 수 있습니다.

진짜 사랑을 할 줄 아는 사람들은

서로에게 잠시라도 하늘을 쳐다볼 수 있는 여유를 줍니다.

'나만 바라봐.', '내 곁에만 있어.' 하는 것은 어린아이 같은 사랑입니다.

그에게 잠시 고독할 틈을 주는 것, 그에게 하늘을 쳐다볼 수 있는 여유를 주는 것, 그것이 성숙한 사랑입니다.

어떤
주례사

결혼한 지 1년도 안 된 제자를 만났습니다. 꽃처럼 피어나 있을 줄 알았는데 얼굴색이 안 좋고 힘들어 보였습니다. 제자는 결혼생활이 이렇게 어려운 줄 몰랐다고, 괜히 결혼했다고 결국 눈물을 보였습니다.

나는 해줄 말이 없어서 그저 그녀의 이야기를 들어주기만 하다가 잔소리를 하고 말았네요. 사실 나 자신도 아직 서툴기만 해서 비틀거리지만, 사랑하는 법에 대해서 제자와 이야기를 나눴습니다.

이철환 작가는 이렇게 주례사를 남겼습니다.

"남녀 사이에는 어쩔 수 없는 벽이 있습니다. 그 벽에 꽃을 심으십시오."

서로 다른 별에서 온 것처럼 도저히 이해할 수 없는 남자와 여자가 만나 한 가정을 이루고 사는 일… 어떻게 벽이 없을 수가 있나요. 벽에 꽃을 심는 일처럼 결혼은, 부부의 사랑은 어렵습니다.

그런데 잘 생각해보면 결혼하면 그 사람은 '내 거'라는 소유의식이 문제인 듯합니다. 사랑은 상대방과 마주 서서 바라보는 것이 아니라 서로 나란히 서서 서로의 방향을 함께 보고 있는 것입니다.

그 사람의 꿈을 내 꿈에 맞추라고 강요하는 것이 아니라, 당신의 길을 가라며 지켜봐주는 것입니다. 그 사람의 시간을 모두 나에게 달라고 강요하는 것이 아니라 당신이 즐거운 일을 하라고 그 사람의 시간을 내주는 것입니다.

그 사람의 인간관계를 모두 나에게 맞추라고 강요하는 것이 아니라 당신이 좋아하는 사람들을 만나라며 자유를 내주는 것입니다. 사랑은 그 사람이 일을 잘할 수 있도록 배려해주는 것입니다.

자전거를 처음 배울 때 뒤뚱거리다가 어느 순간 핸들을 좌로 틀고 우로 틀면서 방향을 조정할 줄 알게 됩니다. 그리고 페달을 밟거나 발을 떼어놓으며 속도도 조절할 수 있게 되죠. 수영을 처음 배울 때에도 발차기 동작부터 배우면서 점점 물살을 가르며 앞으로 나아가는 방법을 배웁니다.

그런데 에리히 프롬은 《사랑의 기술》을 통해 사랑도 후천적인 기술이라고, 자전거 타기나 수영처럼 배우고 익혀야 할 기술이라고 하네요. 그리고 이렇게 유명한 말을 남겼지요.

사람들은 항상 사랑받을 궁리만 하고 있다.
그래서 사랑에 실패하는 것이다.

우리가 열심히 배워야 하는 그 기술은 '받기'보다 '주는' 공부가 아닌가 싶습니다.

첫눈에 반해 사랑에 푹 빠지면 만사 잘 진행되는 것이 사랑이 아닙니다. 양보하는 법, 인내하는 법, 베푸는 법, 배려하는 법을 하나하나 배워가야 하는 것입니다. 그것이 사랑과 모든 인간관계의 법칙이 아닐까 생각해봅니다.

아름다운
청첩장

오랜 세월 아무 연락도 없던 사람에게서, 그동안 나의 슬프고 기쁜 일에 아무런 연락도 취하지 않던 사람에게서 SNS로 청첩장이 배달됐습니다. 자녀 결혼 청첩장인데, 안부 인사도 없이 대뜸 SNS나 문자메시지를 통해 단체로 성의 없이 보내는 사람들이 많아졌습니다. 난감한 생각에 빠지게 하는 청첩장들이 난무합니다.

그러던 중에 참 아름다운 청첩장을 받았습니다. 손으로 정성껏 쓴 편지에 이런 소식이 담겨 있습니다.

"작은 소식이 있어 인사를 올립니다.

어디에 계시든, 기쁜 마음으로 축복해주신다면

큰 힘이 되겠습니다."

평소에 늘 조용한 미소와 배려로 주변 사람들을 흐뭇하게 하는 김지향 씨. 모 출판사에서 일하는 그녀의 청첩장에는 그녀의 성품이 그대로 담겨 있습니다. 기쁜 마음으로 청첩장을 열었습니다.

"혁신 도시에서 근무하는 성률과
출판 도시에서 근무하는 지향은
기꺼이 주말부부가 되기로 했어요.
'주말'이 아닌 '부부'에 집중한 까닭입니다.
할 수 없는 일보다 할 수 있는 일에 집중하며 살겠습니다.
격려와 응원의 마음으로 함께 기뻐해주세요."

기쁜 소식을 알리는 데에도 마음이 들어 있어야 합니다. 기쁜 소식이든 슬픈 소식이든 알리지 않을 수 없는 사이가 있지요. 소식을 전하지 않으면 섭섭해할 것 같은 사람들, 그 사람들에게 전하는 소식에 조심스러운 배려와 따뜻한 마음이 스며 있다면 얼마나 좋을까요.

사랑의
학교

김하인 시인은 〈슬픔 학교〉라는 시에서 사랑을 원하는 사람에게는 슬픔 학교의 입학통지서가 발송된다고 했습니다.

학교에서 배우는 과정을 생각해보면 두 가지로 요약됩니다.

'쉽지 않다', '가치가 있다'.

그렇다면 사랑 역시 두 가지 의미를 지니고 있는 건 아닐까요.

'결코 쉽지 않다', 하지만 '그럴 만한 가치가 있다'.

수학 문제를 푸는 일보다, 화학 공식을 외우는 일보다 훨씬 어려운 일… 머리 싸쥐고 외운다고 되는 게 아니고, 지능이 높다고 되는 게 아닌 일… 사랑이겠지요.

그럼에도 불구하고 사랑을 원한다면 슬픔 학교에 입학해야 합니다. 그 학교에서는 사랑의 환상을 가르치지 않고, 마음을 다스리는 법을 가르칩니다.

　그러므로 사랑만 하면 절로 행복해진다는 환상을 가진 사람에게는 입학 자격이 주어지지 않습니다.

　사랑을 이루는 요소들을 분석해보면 그 기본 원료는 안타깝게도 슬픔입니다. 미움, 원망, 질투, 기다림, 그리움…. 그런데 그런 슬픔을 행복으로 전환시키는 '감정의 연금술'을 배우는 사랑 학교가 있습니다. 당신 마음 안에 있는 그 학교에서 어떤 사랑법을 배우고 계시나요.

죄인의
부모

뉴스를 통해 포승줄에 묶여 잡혀가는 죄인을 보면 그 사람의 부모를 생각하게 됩니다. 부모 심정이 얼마나 찢어질까….

카메라 앞에서 고개를 숙이고, 옷을 뒤집어쓰고, 얼굴을 안 드러내려고 안간힘 쓰는 것은 어머니가 볼까 봐, 아버지가 볼까 봐, 가족들이 충격받을까 봐… 그런 이유도 있을 것이라 생각합니다. 안타까운 일입니다.

예전에 학교에서 교사 생활을 할 때 말썽을 일으켜 교무실에 잡혀온 아이들이 하나같이 하는 말이 "엄마한테는 말하지 마세요."였습니다. 안 좋은 일이 생기면 엄마가 알게 되는 것이 가장 두려운 아이들… 그 마음에는 어머니에 대한, 아버지에 대한 사랑이 있습니다.

《나는 가해자의 엄마입니다》라는 책은 열세 명의 사망자와 스물네 명의 부상자를 낸 컬럼바인 고등학교 총격 사건의 가해자 두 명 중 한 명인 딜런 클리볼드의 어머니가 쓴 책입니다.

그녀는 평범한 어머니였고, 아들을 키우는 동안에는 도저히 그런 일을 일으킬 만한 요란한 소리나 번쩍이는 네온사인 경고 등 같은 것이 없었다고 했습니다. 아들이 얼마나 힘들어했는지 짐작도 하지 못했다는 것입니다.

그런가 하면 영화 〈러덜리스〉는 총기 난사 사고로 다른 아이들을 여섯 명이나 죽이고 자살한 조시와, 그의 아버지 샘의 이야기입니다. 잘나가는 광고 기획자 샘은 아들과 아주 잘 지내고 있었습니다. 그는 왜 아들이 그런 끔찍한 짓을 했는지 도저히 알 수가 없었습니다.

이혼한 아내가 "우리 잘못이 아니야. 우리는 잘 가르쳤어. 그 아이가 아팠을 뿐이야."라고 했지만 아버지의 찢어지는 자책감을 달랠 수 없었습니다. "왜… 왜… 왜…"라는 질문만 화살이 되어 그의 가슴에 수없이 박혔습니다.

아버지는 아들이 남긴 음악을 통해 도저히 이해하기 힘든 그 아들을 이해하려고 합니다. 그리고 아들의 무덤을 찾아가 페인트와 마카로 온갖 낙서가 되어 있는 비석 앞에서 "아들아… 내 아들아…." 하고 오열하며 무너집니다.

학교에서 문제를 일으킨 학생은 "엄마한테는 말하지 마세요."
하고 사정하지만 학부모를 학교에 오게 하면 그들은 또 하나같
이 말합니다.

"우리 아이가 그럴 리 없어요."

《나는 가해자의 엄마입니다》에서 어머니는 이렇게 후회했습
니다. 아이에게 설교를 하는 대신 아이의 말에 귀를 더 많이 기
울였더라면….

그러나 아이가 부모한테 말을 하지 않기로 작정하면 부모는
정말 모를 수밖에 없습니다. 부모가 아이를 아무리 사랑해도,
아무리 잘 가르치려고 해도, 아무리 아이를 위해 기도하고 자신
을 희생해도 아이는 예고편도 없이 부모 마음을 천 갈래 만 갈
래로 찢어놓습니다.

부모로서는 도저히 모를 아이의 마음… 어떻게 알고 다가갈
수 있을까요….

사람의 마음은 보이지 않기에 얼마나 상처받고 있는지 얼마

나 절망 상태인지 타인은 알 수가 없습니다. 어느 가슴이 무너져 내리고 있었는지 일일이 알 수 없는 것이 인생사입니다.

최악의 상황에 놓이지 않는 것은 어쩌면 운 좋은 일이 아닐까요. 닫힌 마음의 문에 훈풍을 넣어주는 것… 무엇보다 가장 시급한 일인 듯합니다.

바다가
공책이었어요

시인이 되고 싶었지만 글을 쓸 종이도 연필도 없었던 한 소녀가 80의 나이에 꿈을 이뤘습니다.

1937년 전남의 작은 마을에서 태어난 김옥례 씨는 학교에 다니지 못했습니다. 그래도 야학을 다니면서 겨우 한글을 깨쳤습니다. 그녀가 인터뷰에서 말했습니다.

"뻘에 나가서 공부를 했어요. 바다가 공책이고, 평생 닳지 않는 내 손가락이 연필이었어요."

그녀는 2014년부터 목포 공공도서관에서 본격적으로 시를 배웠는데, 차비를 아끼려고 왕복 네 시간이 걸리는 길을 걸어 다녔습니다. 한 시간 일찍 도착해서 설레는 마음으로 수업을 기다리고 시를 써서 내라고 하면 신나게 써서 낸 할머니…. 그녀에게 시를 가르친 이대흠 시인이 다른 시인들, 화가들과 십시일

반 모아서 그녀의 시집을 내게 됐습니다.

그녀의 기사를 보다가 이제껏 늘어놓았던 변명도 통하지 않
겠구나 생각했습니다.

이 나이에 어떻게… 이 조건에 어떻게….

그런데 여든의 나이에도 시작합니다. 한글만 겨우 깨친 할머
니도 바닷가에 손가락으로 글자를 써서 시를 씁니다.

바람과 같은
마음으로

아주 큰 슬픔에 빠져 있을 때 누군가가 이런 말을 하더군요.
만일 마음이라는 것을 저 강물에 버릴 수만 있다면, 그래서 고
통도 슬픔도 없는 그런 상태가 될 수 있다면 얼마나 좋을까….

마음이 사라져버리고 나면 상실감도 없고 실망도 없겠지요.
증오나 배신감도 없고 후회나 회한도 없을 것입니다.

그러나 사랑이나 희망이라는 것도 마음 안에 존재하는 것이
고 보면, 마음이 없는 우리를 상상하기는 힘듭니다.

마음 바탕이 밝으면
어두운 방 안에도 푸른 하늘이 있고,
마음속 생각이 어두우면
밝은 햇빛 아래에서도 악마가 나타난다.

《채근담》의 글귀처럼 행복도, 기쁨도 마음에서 오고 행운도 결국 내 마음에서 오는 것입니다. '잘될 거야.' 하는 마음이 행운을 부르고, '난 참 행복한 사람이야.' 하는 마음이 행복을 부릅니다. 기쁨이 없어도 그저 웃으면 결국 그 미소가 기쁨을 불러옵니다.

사람의 마음은 바람과 같다고 하지요.
바람이 부는 쪽으로 나뭇잎이 쏠려가는 것처럼,
내 마음이 흘러가는 쪽으로 타인의 마음도 흘러갑니다.
당신의 마음은 지금 어느 쪽을 향해 흘러가는지 궁금합니다.

점심은
같이 먹자

　진영이 중학교 동창 명희를 다시 만난 곳은 첫 직장에서였습니다. 여중 시절에는 단짝이었는데, 졸업하고 나서 연락이 끊겨 버린 친구였습니다. 고등학교 진학을 못했다는 말도 들리고 집안 사정이 어려워서 가족 모두 지방으로 갔다는 말도 들려왔습니다.

　진영은 대학을 졸업하고 회사의 총무부에 입사했습니다. 어느 날, 회사 근처 식당에서 점심을 먹고 회사로 들어서다가 정원 벤치에서 도시락을 먹고 있는 명희를 발견했습니다.

　"너… 강명희… 아니니?"

　명희도 놀란 얼굴로 진영을 봤습니다. 그 순간 갑자기 연락을 끊어버린 원망도 사라지고 다시 만난 반가움만 가득했습니다. "보고 싶었어, 명희야."라는 진영의 말에 명희도 "나도… 나도 많이 보고 싶었어."라고 말했습니다.

그 회사의 생산부에서 근무한다는 명희에게 진영이 제안했습니다.

"앞으로 점심은 같이 먹자."

그 후 그녀는 중요한 약속만 없으면 명희와 점심을 같이 먹었습니다. 명희는 언제나 도시락을 갖고 다녔는데, 도시락 반찬이 김치 말고는 없었습니다.

진영은 도시락을 싸와서 명희와 함께 먹기도 하고, 회사 근처의 중국집이나 백반집에 가서 먹기도 했습니다. 명희는 늘 도시락을 갖고 다녔기 때문에 식사는 양해를 구하고 하나만 시켜서 같이 먹었습니다.

"난 집밥 먹고 싶으니까 네가 식당 밥 먹어."

진영은 명희의 도시락을 낚아채듯 해서 맛있게 먹었습니다. 그리고 명희는 그녀가 주문한 음식을 먹었습니다.

얼마 뒤 명희는 검정고시를 거쳐 방송통신대학을 졸업했습니다. 그리고 아주 능력 있는 편집자가 되었습니다. 오랜 세월이 지난 후 명희에게서 손 편지가 도착했습니다.

"친구야, 네가 내 도시락을 맛있게 먹어줄 때 나는 네 마음을 알면서도 네가 주문한 음식을 먹을 수밖에 없었어. 왜냐하면…
그때의 난 김치 말고는 먹지 못하고 살아서 다른 음식이 정말
먹고 싶었거든. 그때 네 덕에 난 긴긴 어둠의 터널을 건널 수 있
었어. 고맙다, 친구야."

　서러운 시절을 같이 건너주는 친구, 가난한 시절을 함께 견뎌
주는 친구… 친구는 그래서 참 좋은 존재입니다.

다음에 꼭
이 버스 타세요

이사 온 지 얼마 안 돼서 버스 노선을 혼동했습니다. 버스를 타서 곧바로 잘못 탄 것을 알았지만 버스는 이미 출발을 한 뒤였습니다. 급히 하차 버튼을 누르며 사정했습니다.

"아저씨, 죄송해요. 버스를 잘못 탄 거 같아요."

당황한 목소리로 말하자 기사 아저씨가 더 당혹스러워하더니 이렇게 말하는 것이었습니다.

"이미 교통카드를 찍어버린 것은 반환이 안 되는데요."

괜찮다고 하며 내려만 달라고 하려는데, 기사 아저씨가 큰 소리로 말했습니다.

"다음에 꼭 이 버스 타세요. 제가 잘 기억했다가 그때 꼭 공짜로 해드릴게요."

그냥 건넨 농담 같은 말이었겠지만, 아저씨의 그 말 한마디에

흐렸던 기분이 금세 쾌청해졌습니다.

　말 한마디가 타인의 기분에 미치는 영향은 참 대단합니다. 말을 하는 데에도 기술이 필요하고 노력이 필요하지요. 타인을 이해하려는 마음과 그의 상황을 배려하는 마음, 그것이 '말 잘하기'의 기술이자 필수 요소입니다.

참 좋은
이곳

제주도 서귀포 포구에 간 적이 있습니다. 연세가 지긋한 해녀 할머니들이 생선도 팔고 소라나 전복도 팔고 미역도 파는 곳이 었습니다.

그런데 생선 비린내가 나는 그곳에서 어느 할아버지가 물청 소를 깨끗이 하고 있었습니다.

"오늘은 그만해요. 몸도 안 좋다면서요."

해녀 할머니 한 분이 말렸지만, 할아버지는 대답 없이 미소만 지으며 꿋꿋하게 청소를 했습니다.

"돈도 안 되는 일을 왜 그렇게 하세요!"

해녀 할머니의 말에 할아버지가 그제야 굳은 허리를 펴며 한 마디했습니다.

"사람들이 많이 지나다니니 깨끗하면 좋잖아요."

돈이 안 되어도 다른 사람을 위해 뭔가 할 수 있는 일이 없는지 찾아서 하는 사람들, 내가 아닌 다른 누군가를 위해서 궂은 일을 찾아 하는 사람들… 그들이 이 세상 군데군데 환한 등불을 켜고 있습니다.

착한
순간

드라마를 쓰다 보면 악역을 설정하게 됩니다. 특히 주말드라마나 일일드라마 같은 긴 연속극에서는 악역이 필요합니다. 주인공에게 힘든 여정을 부여해야 하기 때문입니다.

나는 등장인물을 설정해놓고 나면 그 인물에 대한 인생 이력서를 작성해봅니다. 어느 부모 밑에서 태어났고, 어떤 환경에서 자랐고, 어느 학교를 다녔고, 친구는 누굴 사귀었고, 취미는 뭐고, 잘하는 말은 뭐고….

그러다 보면 악역에게도 스토리가 생깁니다. 왜 그렇게 악하게 되었는지, 어떻게 그런 성격이 형성이 되었는지 내가 이해해야 그 인물을 그려나갈 수 있습니다.

그러다 보면 다시 한 번 깨닫게 됩니다. 처음부터 완벽하게 착한 사람, 완벽하게 나쁜 사람은 존재하지 않는다는 사실입니다. 그의 삶에 착한 순간들, 악한 순간들이 있을 뿐입니다.

착한 순간은 다른 사람에게도 착한 순간을 선물합니다. 그래서 착한 순간들이 세상을 채우게 됩니다.

착한 순간을 많이 가지려고 노력하는 사람, 그 사람이 곧 착한 사람입니다. 누군가의 착한 순간은 누군가에게 큰 위로와 힘을 줍니다. 그리고 그 덕에 누군가에게 또 착한 순간을 선물합니다.

착한 순간은 그렇게 착한 시간들을 만들고 착한 세상, 착한 역사를 이뤄갑니다.

꿈에서도
착한 사람

경희는 낮에 직장에서 황당한 일을 겪었습니다. 그 분노가 사라지지 않은 채 잠들었는데, 얼마나 속이 상했는지 꿈속에서도 상처를 준 그 사람을 만났습니다.

꿈에서까지 그 사람을 보니 무척 괴로웠는데 잠꼬대를 했나 봅니다. 걱정스러운 얼굴로 보던 남편이 "무슨 잠꼬대를 그렇게 해?"라고 물었습니다.

"내가 잠꼬대했어?"

"그래. '나한테 왜 그러세요….'라고 웅얼웅얼하더라. 꿈에서 누굴 만난 거야?"

경희는 자신에게 씻을 수 없는 상처를 준 직장 상사가 꿈에서까지 나왔다고 남편에게 말했습니다.

"그런데 겨우 '나한테 왜 그러세요….'라고 했어? 꿈에서라도 욕이나 한 바가지 퍼부어주지.”

남편의 그 말을 듣고 경희는 웃음이 났습니다.

“그러게 말이야. 욕이나 퍼부어줄걸. 그러면 후련하기라도 할 텐데….”

꿈에서도 욕을 못하고 그저 웅얼웅얼하는 사람, 그것이 최대의 항의이자 반항인 사람, 그런 사람이 있습니다.

친구는 자기 캐릭터 정말 마음에 안 든다고, 답답한 캐릭터라고 했지만 나는 그런 친구가 마음에 쏙 듭니다. 평생 남에게 상처 주는 말은 못하는 친구입니다. 남들은 부당하다고 분을 토해내는 일도 상대의 입장에서 한 번 더 생각하려고 노력하는 마음이 깊은 친구입니다. 그냥 ‘착하다’는 말로는 부족한….

착한 사람은 꿈에서도 남에게 상처를 주지 못하나 봅니다.

그리운
사람

　사랑하는 사람과 헤어졌습니다. 그런데 이별을 해놓고 자주 만나던 시간에, 자주 만나던 장소로 무심결에 발걸음이 옮겨질 때가 있습니다. 한참을 기다리다가 문득 가슴을 치는 사실 하나, '우리가 이별을 했구나….' 싶을 때가 있습니다.
　이별을 해놓고 그 사람에게 전화를 걸 때가 있습니다. 빈 전화기에 대고 한참을 말하다가 문득 '우리가 이별을 했구나….' 싶을 때가 있습니다.

　그렇게 전날의 그 시간으로 시계를 옮겨놓고 싶은 이별을, 절대 인정하기 싫고 차마 떠나보내기 싫은 이별을, 그런 이별을 해야 했던 사람이 있습니다.
　그 사람이 그리워지던 어느 날, 너무 보고 싶어 미워지다가

문득 생각했습니다. 그리울 수 있다는 것, 보고 싶은 사람이 있다는 것이 인생의 큰 축복을 받은 거라고…. 그러니 그 사람은 참 고마운 사람입니다.

꿈의
원칙

살면서 정말 두려운 것은 빈 주머니가 아니라 희망을 잃어버리는 것입니다.

사람은 누구나 꿈을 꾸는 존재이며 꿈을 꾸기를 원하지만, 꿈에도 한 가지 중요한 원칙이 있습니다.

머리로 꾸는 꿈은 상실감을 줄 때가 많지만 가슴으로 꾸는 꿈은 비록 그 꿈이 실패했을 때에도 따뜻한 추억은 선물로 남겨둡니다. 그래서 가슴의 불씨로 남아 오랫동안 살아가는 힘이 되어 줍니다.

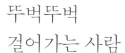

뚜벅뚜벅
걸어가는 사람

미국 법원 역사상 가장 존경받는 대법관인 벤저민 카도조는
이런 말을 남겼습니다.

나는 뚜벅뚜벅 걷는 평범한 사람입니다.
평범하기 때문에 멀리 가지는 못합니다.
그러나 뚜벅뚜벅 걷다 보면 제법 많이 가기도 합니다.

그러면서 그는 또 이렇게 말했습니다.

만약 내가 다른 사람들보다 조금 더 많이 갔다면
용기와 충실함과 근면함 때문일 겁니다.

급히 뛰어가는 사람과 천천히 걷는 사람… 그중에서 고르자면 물론 경쟁력은 뛰어가는 사람에게 있습니다. 하지만 끝까지 꾸준히 가는 사람에게는 아무도 못 당합니다.

뭔가를 향해 그치지 않고, 멈추지 않고, 묵묵히 걸어가는 사람들… 그런 사람들이 결국에는 더 멀리 갑니다.

세월의 속도와는 상관없이, 타인의 보폭에도 신경 쓰지 않고 오직 내 속도, 내 보폭으로 꾸준히 걸어가는 사람은 당당하고 거칠 것 없습니다.

어머니와의
데이트

가난하고 시간도 많지 않지만 어머니에게 작은 즐거움을 드리고 싶다면서, 한 대학생이 어머니와 주말을 즐겁게 보내는 비결에 대해 인터넷으로 질문했습니다. 어머니와의 데이트 비용으로는 2~3만 원, 많이 들어도 5만 원이면 충분하다는 글들이 많았습니다.

우선 버스를 타고 번화가로 갑니다. 그곳에 가면 다양한 옷가게들이 있어서 구경하다 보면 어머니의 학창 시절 추억도 새록새록 떠오르고 좋겠지요. 그렇게 아이쇼핑을 하면서 저렴한 옷도 사고, 길거리에서 이것저것 군것질도 하고, 어머니가 다리가 아프다고 하면 카페 같은 데 들어가서 작고 예쁜 케이크 한 조각과 커피 한 잔을 마시는 겁니다.

그다음에는 버스를 타고 광화문 쪽으로 이동합니다. 어머니, 아버지의 옛 데이트 장소 영순위가 바로 광화문 돌담길이죠. 그곳을 걷다가 작은 그림 전시회도 보고 서점에 가서 책을 들여다보는 것도 좋습니다.

집으로 돌아오는 길에도 어머니에게 감동을 줍니다. 아주 작은 선물이나 편지도 좋고, 아니면 어음 비슷한 서식으로 "앞으로 10년 후 제대로 효도할 것을 약속함." 이런 식의 증서를 하나 만들어드리는 것도 좋습니다.

마음은 가득하지만 평소에 표현을 잘하지 못했던 가족에게 마음 한 자락 나눠드리는 일… 그리 어려운 일이 아닌데 왜 자꾸 미루기만 하는 걸까요.

코이노니아

요즘 젊은이들 사이에 유행하는 건배 구호를 보면 철학적인 것도 많습니다.

"코이노니아Koinonia!"

'가진 것을 서로에게 아낌없이 나눠주며 죽을 때까지 함께하는 관계'를 뜻하는 이 그리스어는 건배 구호가 아니라 철학 표어 같습니다.

"메아 쿨파Mea Culpa!"

이 라틴어는 '내 탓이오!'라는 뜻인데, '남을 탓하기 전에 먼저 나를 돌아보자'는 것입니다. 이 구호는 책상 앞에 생활 표어로 붙여두고 싶어집니다.

건배 구호는 결국 사람과 사람 사이, 인간관계를 잘 맺기 위한 표어 같은 것이 참 많네요. 이 구호들만 봐도 살아가는 데 가장 힘든 것도 인간관계, 살아가는 데 가장 중요한 것도 인간관계라는 것을 알 수 있습니다.

명의의
조건

어머니 주치의인 제주 서귀의료원 현우진 선생님은 평생 잊을 수 없는 참 좋은 의사입니다. 병원에 입원하면 환자의 가족은 시시각각 선택의 순간에 놓입니다. 어머니가 입원해 계실 때도 그랬습니다. 크고 작은 선택의 순간에 놓일 때마다 자식들은 고민이 깊어졌습니다.

그럴 때면 현우진 선생님은 "제 어머니라면 저는 이런 선택을 하겠습니다."라고 하며 환자와 환자 가족의 입장에서 설명했습니다. 애타는 자식들 심정을 잘 헤아려주고 간혹 다소 무리한 요구사항을 말해도 귀찮은 기색 없이 귀담아들었습니다.

명의의 기준은 꼭 의술에만 있지 않다고 생각합니다. 환자와 보호자의 마음을 헤아려주는 의사, 환자와 그 가족의 입장에 서서 선택하도록 하고 그들의 선택을 최대한 존중해주는 의사, 그런 의사가 명의라고 생각합니다.

어머니 생애 마지막 집인 서귀의료원에서 참 좋은 의사를 만났습니다. 그래서 어머니의 마지막이 편안할 수 있었고 우리는 따뜻한 작별을 할 수 있었습니다.

무지개가
떴어요

만일 하늘에 무지개가 뜨면, 얼른 전화해서 무지개를 보라고 말해주고 싶은 사람이 있나요?

누군가 제게 이런 말을 했습니다.
"무지개를 보라고 전화할 대상이 있다는 것 자체가 참 행복한 거야."

하늘 좀 보라고 전해줄 사람, 꽃이 핀다고 전해줄 사람, 오늘 바람이 유난히 부드럽다고 전해줄 사람이 있다면 행복한 사람입니다.

우리는
한 가족

　누군가 늘 한 식당에서 밥을 먹으니 '우리는 식당 가족'이라고 한 말이 생각납니다. 그 말 참 맞다 싶었습니다. 한솥밥 먹는 사이니 가족이 맞습니다.

　가족의 의미는 참 많습니다. 한집에 사는 가족만 있는 것이 아닙니다.

　늘 식당에 가서 한솥밥 먹게 되는 식당 가족도 있고, 한 공간, 한 시간대에서 음악과 만나는 음악 가족도 있습니다. 그리고 같이 운동하는 운동 가족도 있고, 같은 책을 읽고 같은 감동을 느끼는 책 가족도 있습니다.

　관계의 동그라미를 그려보면 우리는 모두 크고 작은 동그라미 속의 가족입니다.

　모두가 한 가족입니다.

행운의
발자국 소리

우리의 삶은 여러 가지 감정들로 이뤄져 있지요. 기뻐하고 화를 내고 슬퍼하고 미워하고….

사람들과 만나고 부대끼면서 이렇게 여러 가지 감정을 가지고 사는 게 인생입니다. 하지만 이 감정들은 우리의 생활 전체로 놓고 볼 때 겨우 1%만 차지할 뿐이라고 합니다.

나머지 99%는 결국 '기다림'입니다.

행복이 오기를 바라고, 사랑이 오기를 바라고, 소식이 오기를 바라고….

긴 기다림의 복도를 지나 다가오는 행운의 발자국 소리… 그것을 기다리는 것이 바로 우리가 사는 일이죠.

만남의 순간은 오랜 기다림 끝에 오기도 하고, 어느 날 갑자기 오기도 하고, 찰나로 지나가기도 합니다. 그런데 기다림의 순간은 늘 설렙니다. 기대감에 부풀고 행복합니다.

아침이 온다는 것은, 그 발자국 소리가 하루의 길이만큼 더 가깝게 다가왔다는 기쁜 증거입니다.

순간을 더 특별하게
만드는 공감 에세이

참 좋은 당신을
만났습니다 다섯 번째

초판 1쇄 발행 2017년 9월 15일
초판 3쇄 발행 2020년 3월 3일

지은이 | 송정림
그린이 | 국형원
펴낸이 | 한순 이희섭
펴낸곳 | (주)도서출판 나무생각
편집 | 양미애 백모란
디자인 | 박민선
마케팅 | 이재석
출판등록 | 1999년 8월 19일 제1999-000112호
주소 | 서울특별시 마포구 월드컵로 70-4(서교동) 1F
전화 | 02-334-3339, 3308, 3361
팩스 | 02-334-3318
이메일 | tree3339@hanmail.net
홈페이지 | www.namubook.co.kr
블로그 | blog.naver.com/tree3339

ISBN 979-11-86688-98-4 03810

값은 뒤표지에 있습니다.
잘못된 책은 바꿔 드립니다.

이 도서의 국립중앙도서관 출판예정도서목록(CIP)은 서지정보유통지원시스템 홈페이지
(http://seoji.nl.go.kr)와 국가자료공동목록시스템(http://www.nl.go.kr/kolisnet)에서
이용하실 수 있습니다. (CIP제어번호: CIP2017021077)